Christoph Martin Wieland

Sämmtliche Werke - Die Grazien

Komische Erzählungen. Kombabus. Schach Lolo

Christoph Martin Wieland

Sämmtliche Werke - Die Grazien
Komische Erzählungen. Kombabus. Schach Lolo

ISBN/EAN: 9783743628311

Hergestellt in Europa, USA, Kanada, Australien, Japan

Cover: Foto ©Andreas Hilbeck / pixelio.de

Weitere Bücher finden Sie auf **www.hansebooks.com**

C. M. WIELANDS

SÄMMTLICHE WERKE

ZEHNTER BAND

DIE GRAZIEN.

KOMISCHE ERZÄHLUNGEN.

KOMBABUS.

SCHACH LOLO.

LEIPZIG

BEY GEORG JOACHIM GÖSCHEN. 1795.

DIE GRAZIEN.

EIN GEDICHT IN SECHS BÜCHERN.

1 7 6 9.

AN DANAE.

Geschrieben im Jahre 1769.

Ich weiſs nicht, woher Sie es nehmen, schöne Danae, daſs ich mehr von den Grazien wissen müsse als ein andrer: genug, Sie wollen es so, und Sie bedienen Sich eines meiner eigenen Grundsätze, um alle die Bedenklichkeiten zu vernichten, die ich mir darüber machen könnte, Ihnen, die mit allen Ihren Vortrefflichkeiten doch nur eine Sterbliche sind, die Geheimnisse meiner geliebten Göttinnen zu verrathen.

„Der poetische Himmel (sagen Sie) hat, wenn ich Ihnen selbst glauben darf, ganz andere Gesetze des Wohlanständigen, als diejenigen, wornach menschliche Sitten und Handlungen beurtheilt werden. Die Göttin der Liebe hat keine Ursache zu erröthen, dafs sie den **Adonis** zum Glücklichsten unter den Sterblichen gemacht hat. Gesetzt also auch, Sie wüfsten von ihren Grazien mehr, als eine **Sterbliche** gern von sich wissen liefse, so würd' es doch keine Unbescheidenheit seyn — "

Verzeihen Sie mir, Danae! Warum sollten die **Grazien** nicht eben so wohl ihre **Mysterien** haben, als **Isis** und **Ceres**? Und sollt' es einem Dichter zu verdenken seyn, wenn er zu gewissenhaft wäre, die Geheimnisse der liebenswürdigsten Göttinnen vor **profanen** Augen aufzudecken?

Doch, diefs ist hier der Fall nicht! Vor **Ihnen**, schöne **Danae**, können die **Grazien** keine Geheimnisse haben wollen; oder welche Sterbliche dürfte sich Hoffnung machen zu selbigen zugelassen zu werden, wenn diejenige nicht dazu berechtigt wäre,

> Die, mit dem Gürtel der Venus geschmückt,
> Die Seelen fesselt, die Augen entzückt?

Nein, **Danae**! wenn Ihrem Verlangen nicht genug geschieht, so mufs es blofs daher kommen, weil ich mit diesen reitzenden Gespielen Amors und der Musen nicht so vertraut bin, als es Ihnen beliebt vorauszusetzen.

In ganzem Ernst, ich besorge, es ist mehr
als Bescheidenheit in diesem Geständnisse.
Warum, ich bitte Sie, warum wenden Sie
Sich nicht an einen Dichter, von welchem
Sie stärkere Beweise haben, daſs ihm die
Grazien hold sind?— Sie denken doch nicht,
daſs ich den Kardinal von Bernis meine?
Nein! dem Abbé mocht' es erlaubt seyn, von
ihnen zu singen; aber dem Bischof, dem
Kardinal — Wer weiſs? sagen Sie. Er mag
immer der feinste Konklavist, der geschmei-
digste Hofmann, und ein Meister in der
Kunst, die zwey groſsen Nebenbuhlerinnen um
die Herrschaft der Welt mit einander zu ver-
gleichen, seyn: ich wollte doch nicht dafür
stehen, was er thun würde, wenn ihn die
Grazien Homers, die er als Abbé so schön
besang, den Grazien des heiligen Tho-
mas ungetreu machen wollten!

Wie dem auch seyn mag, genug, Sie
wollen keine Französischen Grazien; sonst
würd' ich Ihnen den angenehmen Dichter vor-
schlagen, der Zelis im Bade so reitzend
gesungen, und die Deutsche Selima durch
seine Nachahmung verschönert hat. Sie wollen
die Griechischen Grazien, die Grazien,
die den Anakreon singen, den Xenofon
schreiben, den Apelles mahlen lehrten, die
Grazien, denen Platon opferte, und die

sein Meister geschnitzt hatte, diese wollen Sie besungen haben, und in unsrer Sprache!

Gut! und Sie wenden Sich nicht an den Dichter der Grazien?

„Meinen Sie Gleim oder Jacobi?"

Ich danke Ihnen für diesen Zweifel, Danae; er vergütet das Unrecht, das ich einem von beiden gethan hätte; ich, der stolz darauf ist, beide meine Freunde zu nennen, und es so gern der spätesten Nachwelt sagte, daß wenigstens drey Dichter in unsern Tagen gelebt haben, welche sich so liebten, wie die schwesterlichen Musen sich lieben; drey Dichter,

Die, von den Grazien selbst mit Schwesterarmen
    umschlungen,
Von gleicher Liebe der Musen beseelt,
Zur Dame ihrer Gedanken die freundliche Weis-
    heit gewählt,
Die glücklicher macht und Witz mit Empfindung
    vermählt,
Und schönen Seelen, sich selbst, und bessern Zei-
    ten gesungen.

In der That, Danae, ich habe Lust, Sie
zu einem oder dem andern von meinen Freun-
den zu weisen, oder vielmehr an beide
zugleich. Amöbäische Lieder von Gleim
und Jacobi, und die Grazien der Inhalt!
Was für Lieder würden das seyn! Würdig,
von Filaiden gesungen, und, von den seelenvollen Fingern einer D**n oder G**g auf
dem melodischen Klavier begleitet zu werden.

Aber Sie wollen Sich nicht abweisen lassen, Danae! Sie wollen zu keinem Wettstreit von poetischer Bescheidenheit Anlaſs
geben. Gleim und Jacobi, sagen Sie,
würden mich an den Vater der Musarion zurück
weisen, und am Ende würde niemand dabey
verlieren als ich.

Wohl! Sie verdienen für Ihren Eigensinn
durch — meinen Gehorsam bestraft zu werden; und auf der Stelle sollt' es geschehen,
wenn es nur auf einen muntern Entschluſs
ankäme. Aber die Geschichte der Grazien zu
schreiben, setzt Offenbarungen voraus, die
nur von ihnen selbst herrühren können. Und
glauben Sie wohl, daſs diese Göttinnen so
fertig sind, einem jeden zu erscheinen, der
ihnen ruft? Ich besorge sehr, daſs sie manchem, der vertraulich genug von ihnen spricht,

ganz unbekannte Gottheiten sind. Nichts ist freylich leichter als immer von Pierinnen und Charitinnen zu schwatzen, und auf allen Seiten Musen und Busen zusammen zu reimen. Das giebt einem doch die Miene, als ob man mit den Grazien, und den Musen, und den schönen Busen wenigstens so bekannt sey, als die Dichter, welche Günstlinge der ersten sind, und die Lieblinge der letzten zu seyn verdienen. Aber ich wollte für mehr als Einen dieser guten Sänger schwören, daß die Muse, die ihn begeistert, mit ihren Grazien und mit ihrem Busen, weder mehr noch weniger als eine — Trulla oder Maritorne ist.

Das mag seyn, sagen Sie: aber man wird doch, ohne Ihrer Bescheidenheit Gewalt anzuthun, voraussetzen dürfen, daß Sie von dieser Seite keine Vorwürfe zu besorgen haben? —

Stille, schöne Danae! Sie sollen alles wissen, was mir eingegeben werden wird. Aber erst lassen Sie uns, als Platons echte Schüler, den Grazien opfern, ohne welche, und Amorn, und die lächelnde Venus, unser Vorhaben nicht von Statten gehen kann.

DIE GRAZIEN.

ERSTES BUCH.

Die Menschen, womit Deukalion und
Pyrrha das alte Gräcien bevölkerten,
waren anfänglich ein sehr rohes Völkchen; so,
wie man es von Leuten erwarten mag, die
aus Steinen Menschen geworden waren.

Sie irrten, mit Fellen bedeckt, in dunkeln Eichen-
hainen,
Der Mann mit der Keule bewehrt, das Weib
mit ihren Kleinen
Nach Affenweise behangen; und sank die Sonne,
so blieb
Ein jedes liegen, wohin der Zufall es trieb.

*

Der Baum der ihnen Schatten gab,
Warf ihre Mahlzeit auch in ihren Schooſs herab;
Und war er hohl, so wurde bey Nacht
Aus seinem Laub ihr Bett in seine Höhle gemacht.

Ich weiſs nicht, Danae, wie geneigt Sie Sich fühlen, es dem Verfasser der Neuen Heloise zu glauben, daſs dieses der selige Stand sey, den uns die Natur zugedacht habe. Aber, wenn wir alle die Übel zusammen rechnen, wovon diese Kinder der rohen Natur keinen Begriff hatten, so ist es unmöglich, ihnen wenigstens eine Art von negativer Glückseligkeit abzusprechen.

Und ein Dichter — was können wir Dichter nicht, wenn wir uns in den Kopf gesetzt haben, einen Gegenstand zu verschönern?

Auch, hätte nicht der Mahler und Poet
Das Recht, ins Schönere zu mahlen,
Wo bliebe die Magie des schönen Idealen,
Das Übermenschliche, wovon die Werke
strahlen,

Vor denen still entzückt der ernste Kenner steht?
Der Reitz, wozu die rohe Majestät
Und Einfalt der Natur das Urbild nie gegeben,
Die Danaen, die Galatheen und Heben?

Das heißt ein wenig ausgeschweift, schöne
Freundin; denn ich wollte Ihnen nur sagen,
das Original zum goldnen Alter der Dichter
sey vielleicht nichts besseres gewesen, als der
Stand solcher Wilden,

Die ohne zu pflanzen, zu ackern, zu säen,
Mit Müßiggang sich, auf Kosten der Götter,
begehen;

wie Homer von den alten Bewohnern des
schönen Siciliens sagt.

Soll ich Ihnen eine Probe geben, wie ein
Dichter diesen Stand verschönern würde?

Wo ist der Mann, der sich in seinem Stande
Zu wohl gefällt,
Um, wenigstens im Nachtgewande,
Sich nicht ganz leise zurück in eine Welt
Zu sehnen, wo Mutter Natur, wohlthätig wie
Urgande,

Die beste der Feen, es auf sich selbst noch nahm,
Das Glück von ihren Kindern zu machen;
Wo frey von Gesetzen, Bedürfnifs und Gram,
Den Glücklichen, unter geselligem Lachen,
Beym ewigen Fest, in Lauben von wildem Schasmin,
Der Stunden zirkelnder Tanz Ein seliger Augen-
blick schien?

Die Götter selbst, gelockt von sanftem Glücke,
stiegen
Aus ihren Sfären herab, und theilten ihr Ver-
gnügen.
Zusehens verschönerte sich die Gegend unterm
Mond,
Und lange blieb der Himmel unbewohnt.

Die Götter eifern in die Wette,
Wer zur Begabung der Natur
Am meisten beyzutragen hätte.
Die blonde Ceres deckt 'mit goldnen Ähren
die . Flur,
Mit Blumen Zefyr und Flora der Schäferinnen
Bette;
Die Nymfen pflanzen für sie den labyrinthischen
Hain,
Und laden die Schäfer — zum Schlummern in stille
Grotten ein;

Arkadiens P a n beschützt die silberwolligen Herden,
Und läſst sie oft vervielfacht werden;
Indeſs von traubenvollen Höh'n
Der neu erfund'ne Wein, der Erde Nektar,
			rauschet,
Und B a c c h u s unterstützt vom lachenden S i l e n,
Der Hirten frohes Erstaunen belauschet.

Dem G o t t d e r D i c h t e r kam sogar
Die Grille, die seitdem den Dichtern eigen war,
Als S e l a d o n sich zu verkleiden,
Und, unerkannt, in blonder Hirten Schaar,
Die Herden des A d m e t, der schönste Hirt, zu
			weiden.
Ihn macht sein Witz, der ihren rohen Freuden
Veränderung und Feinheit giebt,
Den guten Schäfern bald beliebt,
Vermuthlich auch den Schäferinnen;
Er lehrte sie der schönen Künste viel,
Manch Liedchen, manchen Tanz, und manches
			kleine Spiel
Mit Pfändern Küsse zu gewinnen.

Was sagen Sie, D a n a e? Wie manch liebliches Gemählde würd' uns nicht ein poetischer W a t t e a u aus diesen ohne Ordnung

hingeworfnen Bildern zusammen setzen? —
Was für glückliche Leute die Menschen des
goldnen Alters waren!

Ihr ganzes Leben ist Genießen!
Sie wissen nicht, (beglückt, es nicht zu wissen!)
Daſs aufser ihrem Stand ein glücklich Leben sey;
Und träumen, scherzen, singen, küssen
Ihr Daseyn unvermerkt vorbey.

Wer sollte denken, daſs jene Autochtho-
nen, (erschrecken Sie nicht vor dem gefährlichen Worte!) jene rohen Kinder der
Mutter Erde, die wir, mit zottigen Fellen
bedeckt, unter Eichen und Nuſsbäumen herum
liegen sahen, — Geschöpfe, die in diesem
Zustande den groſsen Affen in Ostindien und
Afrika nicht so gar ungleich sehen mochten, —
und diese glücklichen Kinder des goldnen
Alters, eben dieselben seyn sollten?

Aber wie hätten sie auch etwas besseres
seyn können, ehe sich die Grazien mit den
Musen vereinten, um Geschöpfe, welche
die Natur nur angefangen hatte, zu Menschen auszubilden; sie die Künste zu lehren, die das Leben erleichtern, verschö-

nern, veredeln; ihren Witz zugleich mit
ihrem Gefühl zu verfeinern, und tausend
neue Sinne dem edlern Vergnügen in ihrem
Busen zu eröffnen?

Die Grazien waren in diesen Zeiten
noch unbekannt.

Kein Dichter hatte sie noch mit aufgelöstem Gürtel
  Am stillen Peneus tanzen gesehn;
Im schönsten Thale der Welt entzog sie die länd-
      liche Hütte
Den Augen der Götter und Sterblichen noch.

„Und wie so?“ Fragen Sie —

In der That war die Sache ein Geheimniſs.
Ihre Mutter hatte vermuthlich Ursachen.
Aber, da diese Ursachen längst aufgehört
haben, und da ich Ihnen, schöne Danae,
vielleicht noch geheimere Dinge verrathen
werde, so sollen Sie alles wissen.

Sie müssen von den Dichtern oft gehört
haben, daſs Venus die Mutter der Grazien
sey; aber nicht jedermann kennt ihren Vater.
Man hat verschiedentlich von der Sache gesprochen. Hier haben Sie die Anekdote frisch von
der Quelle.

Als die neu entstandene Venus, von Himmel und Erde mit verliebtem Entzücken angeschaut, den Wellen entstieg, konnten die Götter nicht einig werden, welchem von ihnen sie zugehören sollte. Das kürzeste wäre gewesen, die junge Göttin der Wahl ihres eigenen Herzens zu überlassen. Aber so schüchtern macht die Liebe, daſs keiner von den Göttern sich liebenswürdig genug glaubte, den Vorzug vor seinen Nebenbuhlern zu erhalten. Eben so wenig konnten sie sich entschlieſsen, das Loos den Ausspruch thun zu lassen. Die Sache blieb also eine geraume Zeit unentschieden, und würde vielleicht immer so geblieben seyn, wenn nicht endlich Momus den Einfall gehabt hätte: um Alle zufrieden zu stellen, könnte man nichts besseres thun, als sie dem Häſslichsten geben.

Der Einfall wurde mit allgemeinem Klatschen aufgenommen. Vulkan war der Glückliche; und die Götter machten sich an seiner Hochzeit so lustig, als ob jeder seine eigene beginge.

Der gute Vulkan! Er schmeichelte sich — Aber was für einen Grund konnt' er auch haben, sich zu schmeicheln? — Die Tugend der Liebesgöttin? Welch ein Grund!

Doch desto besser für ihn, daſs er in diesem
Stücke wie viele Sterbliche dachte!

Venus hatte indessen daſs die Götter
unschlüssig waren ihre Zeit nicht verloren.
Sie war ganz heimlich — Mutter der Grazien geworden. Hören Sie, wie es zuging!

Noch hatte sie Amathunt nicht zu ihrem Sitz
erkiest;
Zu jung, sich die Lust des Wechsels zu versagen,
Lieſs sie, die Welt zu sehn, und, wie natürlich ist,
Gesehn zu werden von ihr, auf einem schönen
Wagen
Bald da bald dorten hin
Von ihren Schwanen sich ziehn.
Die Zefyrn flattern voran, mit Blumen jedes Gestad,
Wohin sie absteigt, dicht zu bedecken,
Und jedes einsame Bad,
Worin sich die Göttin erfrischt, umweben Rosen-
hecken.

Alle diese reitzvollen Gegenden, welche
noch immer in den Werken der Griechischen
und Römischen Dichter blühen, die schönen
Ufer des Eurotas und die Thessali-
sche Tempe, das blumichte Enna, durch

Proserpinens Entführung berühmt, der aroma-
tische Hybla, das rosenvolle Cythere, und
die wollüstigen Haine von Dafne, deren
Reitz mächtig genug war, selbst den stoischen
Markus Antoninus eine Zeit lang der Sorgen für die Welt vergessen zu machen, —
kurz, die schönsten Örter der Welt hatten
ihre Vorzüglichkeit diesen Lustreisen der jungen Venus zu danken.   Keiner wurde ohne
Merkmahle ihrer Gegenwart gelassen.   Irdische Paradiese, und Inseln, gleich den Inseln
der Seligen, blühten unter ihren Blicken
auf.   Ein ewiger Frühling nahm davon Besitz.   Wildnisse verwandelten sich in Hes-
perische Gärten, und allenthalben boten
Myrtenwäldchen oder Rosenbüsche den Liebenden ihren Schatten an.

Denn auch die Halbgötter, welche damahls
noch die Erde bewohnten, und vornehmlich
die Menschen, erfuhren die Wirkungen
ihrer Gegenwart.

Die Nymfe, sonst zu spröd, um einem männlichen Schatten

Nur im Vorübergehn die Freyheit zu gestatten

Sich mit dem ihrigen zu gatten,

Schmilzt plötzlich in Gefühl, und irrt beym
Mondenlicht

In eines alten Hains nicht allzu sichern Schatten:
Ein Faun mit offnem Arm und glühendem Gesicht
Eilt auf sie zu, und sie, sie fliehet — nicht.

*

Der Schäfer, der zu Chloens Füfsen
   Von Liebesschmerzen halb entseelt
   Ihr seine Leiden vorgezählt,
Gedroht, er werde sterben müssen,
   Geseufzt, geweint, und stets ihr Herz ver-
            fehlt,
Wird plötzlich kühn, fängt an zu küssen;
   Und sie, anstatt auf Einen Blick
Ihn, wie er wähnte, todt zu schiefsen,
Dreht lächelnd sich von seinen Küssen,
   Und giebt sie endlich gar — zurück.

*

   Und Tithon, den Aurorens schöne Brust
Und seelenvoller Blick vergebens
   Ins Daseyn rief, erwacht zur längst entwohn-
       ten Lust,
Und sucht in ihrem Blick, auf ihrer schönen Brust
   Zum letzten Mahle die Freuden des Lebens.

Vor allen andern Gegenden der Welt liebte Venus die anmuthsvollen Gefilde, die sich am Fuße des Syrischen Amanus verbreiten; Sie erwählte die junge Göttin, die Scene ihrer schönsten Siege zu seyn.

Hier war es, wo sie einst den jungen Bacchus fand, den Sohn Jupiters und der schönen Semele, den die Hyaden in einer Grotte des Berges Nysa erzogen hatten. Sie fand ihn, müde von der Jagd, auf Efeu und Rosen liegen.

O! könnt' ich ihn mahlen, Danae! Ihr eigenes Herz sollte Ihnen dann sagen, was die junge Göttin der Liebe bey seinem Anblick empfand.

„So versuchen Sie es wenigstens!" —

Ich will, wofern Sie mir erlauben, daß ich die Farben zu meinem Gemählde von Winkelmann borge.

So eben betrat er die Grenzen
Des wollustathmenden Lenzen
Der ewigen Jünglingschaft.
Sein Athem glich den Lüften

Worin sich Rosen verdüften,
Und seine wallenden Hüften
    Bläht jugendliche Kraft.

*

Zärtlichkeit und süſse Schalkheit blitzen
Aus den schwarzen Augen; und, wie zarte
        Spitzen
Junger Pflanzen, drückt der Keim der Lust
Sanft hervor aus seiner Rosenbrust.

Kurz — Sie kennen ja das schönste Lied
des Gleims der Griechen? — Anakreon hätte seinen Bathyll zu sehen
geglaubt.

Er lag in der grünlichen Nacht
Vom schönsten Myrtenbaume
Halb schlummernd, halb erwacht,
In einem entzückenden Traume,
Und schien die Bilder, die noch um seine Augen
        lachen,
Zu sammeln und sich wahr zu machen.

Hätte der Zufall beide junge Götter in
einem günstigern Augenblick überraschen können? Und wie hätte die Göttin der Liebe —

sagen Sie, Danae! — wie hätte sie einem so
lieblichen Knaben nicht gewogen werden
sollen?

Cythere war schön und empfindlich;

Und Bacchus empfindlich und schön.

Wie konnt' es anders ergehn?

Sie lieben, so bald sie sich sehn.

Baumgarten beweist es uns gründlich,

Es konnte nicht anders ergehn!

Die junge Venus war nie so schön gewe-
sen als in diesem Augenblicke. Sie, die den
Geist der Liebe über alles ausgofs was ihre
Blicke berührten, hatte selbst noch nie geliebt.
Ein Seufzer, der erste, der mit wollüstigem
Schmerz aus ihrer erröthenden Brust empor
arbeitete, sagt' ihr, sie liebe.

Der erste Seufzer der Liebesgöttin! —
Wie glücklich war der Unsterbliche, dem dieses Erröthen, dieser Seufzer ihre Rührungen
gestand! Der junge Bacchus fühlte itzt zum
ersten Mahle, dafs er mehr als ein Sterblicher
sey. Und wohl kam es ihm! Kein Sterblicher
hätte die Gewalt des Entzückens ertragen können, mit welchem er in ihre Arme flog.

Vergessen Sie nicht, Danae, dafs er noch beynah ein Knabe war, und so liebenswürdig, so unschuldig, und doch bey aller seiner Unschuld so verführerisch aussah, dafs es nicht möglich war, sich in Verfassung gegen ihn zu setzen.

Diana hätte vielleicht in diesem Augenblicke
    Sich eben so wenig zu helfen gewufst.
    Die Göttin meint, sie drück' ihn — sanft zurücke,
    Und drückt ihn sanft — an ihre Brust.

Die poetischen Götter sind nicht immer die Gebieter der Natur. Es giebt Fälle, wo sie ihr eben so unterthan sind als wir armen Sterblichen. Der junge Bacchus und die junge Cythere überliefsen sich, in aller Unschuld der Unerfahrenheit, den süfsen Empfindungen, deren Gewalt sie zum ersten Mahle fühlten.

Seyn Sie ruhig, Danae! — Ich unterdrücke wirklich ein halbes Dutzend Verse, wiewohl es vielleicht die schönsten sind, die mir jemahls eingegeben wurden. Und doch — wenn ich dächte, Sie glaubten ich unterdrücke sie nur, weil es mir so bequemer sey —

„Nein! Nein! ich glaube nichts zu Ihrem Nachtheil; man kennt die Wärme Ihres Pinsels! Lassen Sie immer —"

Ein schönes dicht verwebtes Rosengebüsche
um das Gemählde sich herziehn, das ich machen
wollte; nicht wahr? —

Ihr Wink soll vollzogen werden, Danae:
hier steht es!

DIE GRAZIEN.

ZWEYTES BUCH.

ZWEYTES BUCH.

Amor, — Sie kennen ihn doch, Danae?

„Und wie, wenn ich ihn nicht kennte;
oder ihn nicht anders als aus den Gemählden
Ihrer Freunde, oder aus alten Gemmen, oder
aus den Bildern kennte, welche Daullé und
Mechel nach Koypel und Vanloo von
ihm gemacht haben?“

In diesem Falle würde ein Französischer
Dichter sich sehr höflich erbieten, Sie näher
mit ihm bekannt zu machen.   Aber ich —
alles, was ich für Sie thun könnte, wäre, daſs
ich Sie bedauerte.

Amor also verlor sich einst — er war
noch sehr jung — auf einer seiner Wanderungen in einem Gehölze von Arkadien. Müde

warf er sich unter einen wilden Myrtenbaum,
und entschlief.

> Hyacinthen, Lotus, Violetten,
> Trieb die Erde, Amorn sanft zu betten,
>   Unter ihm hervor,
> O! wie schön er lag! die Blumen hielten,
> Gleich als ob sie seine Gottheit fühlten,
>   Federn gleich den Schlafenden empor.

Wenn Ihnen die Verse gefallen sollten, Danae, so bedanken Sie Sich dafür beym Homer, der dem Vater der Götter ein ähnliches Lager bereitet, als Juno ein Mittel fand, ihn vergessen zu machen daſs sie seine Gemahlin sey.

Als Amor erwachte, fand er sich von drey jungen Mädchen umgeben, aber den artigsten, lieblichsten Mädchen, die er jemahls gesehen hatte.

Beym ersten Anblicke hätte man sie für drey Nachbilder des nehmlichen Urbildes gehalten, so ähnlich sahen sie einander.

Sie waren um Abendzeit ausgegangen, Blumen zu hohlen, womit sie das Lager ihrer vermeinten Mutter zu bekränzen pflegten.

Dort sind eine Menge Blumen, rief die kleinste, indem sie nach dem Orte hinhüpfte, wo Amor schlief. Stellen Sie Sich vor, wie angenehm sie erschrak, als sie unter den Blumen den kleinen Gott erblickte!

Schwestern, (rief sie, doch nur mit halber Stimme,
Um den kleinen Schläfer nicht aufzuwecken)
Was ich sehe! O Schwestern, helft mir sehen!
Ein — wie nenn' ichs? — Kein Mädchen, doch so
         lieblich
Als das schönste Mädchen, mit goldnen Flügeln
An den runden lilienweifsen Schultern.
Auf den Blumen liegt es, wie Sommervögel
Sich auf Blumen wiegen! In euerm Leben
Habt ihr so was liebliches nicht gesehen!

Die Schwestern eilten herbey. Alle drey standen itzt um den kleinen schlafenden Gott, und betrachteten ihn mit süfser Verwunderung.

„Wie schön es ist! wie roth sein kleiner Mund!
Die gelben Locken wie kraus! Sein weifser Arm
         wie rund!
O seht! es lächelt im Schlaf! — Und Grübchen
        in beiden Wangen
Indem es lächelt — Aglaja, wir müssen es fangen

Eh' es erwacht und uns entfliegt!" — Es
          fangen,
Du kleine Närrin! und was
Damit machen? — Welche Frag' ist das!

Kurzweil, liebe Schwester, soll's uns machen,
Mit uns spielen, scherzen, singen, lachen,
Schwestern, meint ihr nicht?
O so seht ihm nur recht ins Gesicht!
Unschuld lacht aus jedem Zug und Freude;
O! gewiſs, es thut uns nichts zu Leide!
Oder meinet ihr nicht?

Aber, o Diana! — rief die kleinste der
Schwestern, was seh' ich! Einen Bogen, und
einen Köcher voll kleiner goldener Pfeile,
unter den Blumen verstreut. Mich schauert!

„Ach Schwestern, wenn es Amor wäre?
    Wie würd' es uns ergehn!"
Nein, Pasithea, nein! Zum Amor ist's zu schön!
    Wo hast du ein Gesichtchen gesehn
Wie dieſs? Es machte dem schönsten Mädchen
          Ehre!

Der kleine Drache sollt' es seyn,
    Von dem die Mutter spricht, er nähre
Von Mädchenherzen sich? Nein, Pasithea, nein!

Es schreckte wenn es Amor wäre;
Und dieſs ist lauter Reitz: es kann nicht Amor
seyn!

Mein Herz klopft mir vor Angst, sprach die sanfte Pasithea. Die kleine Unſchuldige! Es war nicht Angst, was in ihrem jungen Herzen klopfte; Liebe war's.

Kommt, Schwestern, sagte Aglaja; das Sicherste ist, wir fliehen.

Redet nicht so laut, flüsterte ihnen die muntre Thalia zu, welche sich nicht entschlieſsen konnte, den kleinen Gott zu verlassen. Was es auch seyn mag, dieſs bin ich gewiſs, daſs es uns kein Leid zufügen wird.

Aber, wenn es Amor wäre? wiederhohlte Pasithea: das Sicherste ist, wir fliehen.

Schwestern, erwiederte jene, mir fällt was ein:

Wie wenn wir ihn mit Blumen bänden?
Ihn um und um an Arm und Bein
Mit Fesseln von Efeu und Rosen umwänden?
Dann möcht' es immer Amor seyn!

Er möchte zappeln, wüthen, dräun,

Wir hätten ihn in unsern Händen!

Wir würden seine Pfeile zerbrechen,

Und liefsen ihn nicht frey, er müfst' uns erst

versprechen,

Fromm wie ein Lamm zu seyn.

Der Einfall gefiel den Schwestern. Sie nahmen ihre Kränze ab, flochten noch frische dazu, und umwickelten ihm Arme und Flügel und Füfse so gut damit, dafs alle Stärke dieses kleinen Bezwingers der Götter und der Menschen nicht vermögend war, sich los zu reifsen, als er erwachte.

Sie hatten sich hinter einer Rosenhecke verborgen, um sein Erwachen zu belauschen. Aber sie liefsen ihn nicht lange im Wunder, wer ihm den losen Streich gespielt habe. Ihr Lachen verrieth sie. Amor erblickte sie hinter der Hecke, und sein Herz hüpfte vor Freude; denn so liebliche Mädchen hatt' er nie gesehen, seit er Amor war. Er rief ihnen in dem Tone, den er annimmt, wenn er verführen will, zu:

Schöne Nymfen, o helft mir armen Knaben!

Laufet nicht davon!

Ich bin Amor, Cytheräens Sohn,

Der sich hier in euerm Hain verlief.

Faunen müssen mich so gebunden haben,

Da ich unbesorgt in meiner Unschuld schlief.

Höret ihr, was er sagte? flüsterte A g l a j a
ihren Schwestern zu: er verräth sich selbst.

Aber er bittet so schön, sagte die sanfte
P a s i t h e a: wir wollen doch zu ihm hingehen;
er ist so fest gebunden, daſs er uns nichts
thun kann.

So bist du Amor? fragte ihn T h a l i a
lächelnd.

„Ja, schöne Nymfe, ich bin Amor, der Gott
der Liebe, der Gott der süſsesten Freuden; und
nie fühlt' ich so vollkommen, daſs ich es bin,
als seitdem ich euch sehe.“

Du bist ein kleiner Schmeichler, versetzte
das Mädchen: aber du sollst uns nicht beschwat-
zen! Eben weil du Amor bist, binden wir dich
nicht los.

„Und warum nicht, weil ich Amor bin?“

Wir müssen dir erst deine Pfeile zerbrechen. —

„Meine Pfeile müſst ihr erst zerbrechen?
     Und was that ich euch?
Ist euch lieben ein so groſs Verbrechen?
Doch, zerbrecht sie nur, es gilt mir gleich!
Kann ich doch mit euern schönen Blicken
Statt der Pfeile meinen Köcher schmücken!“

Er begleitete diese Schmeicheley mit so
zärtlichen Bitten, daſs die guten Mädchen
unschlüssig wurden, was sie thun sollten.

Wenn er Amor ist, sagten sie leise zu einander, so müssen zwey Amorn seyn. Dieser
hier sieht dem gar nicht ähnlich, vor welchem uns die Mutter zu warnen pflegt. Er
sieht so freundlich, so unschuldig aus! Ich
dächte wir bänden ihn los?

„Aber wenn er uns davon flöge?“

A m o r hörte diese letzten Worte. Nein,
liebenswürdige Nymfen! Lernet die Gewalt
besser die ihr über mich habt! Der bloſse
Gedanke, euch zu verlassen, würde mir unerträglich seyn. Ich habe keinen andern Wunsch,
als ewig bey euch zu bleiben.

„Also willst du mit uns kommen, Amor,
und bey uns wohnen, und unser Gespiele seyn?“

Ja wohl will ich, sprach Amor:

Von euch zu scheiden begehren?
Ich müſste nicht Liebesgott seyn!
Euch lieſs' ich im wilden Hain
Bey Faunen und Hirten allein,
Nach Pafos wiederzukehren?
Nein, holde Schwestern, nein!
Ihr seyd zu reitzend, Cytheren
Nicht einzig anzugehören!
Ich führ' euch bey ihr ein,
Um ihren Hof zu vermehren,
Und ihre Gespielen zu seyn.

Das gefiel den Mädchen. — Pafos! Der Hof
der Liebesgöttin! — Nach Amorn davon zu
urtheilen, muſst' es dort sehr artig seyn.

Was für ein süſses — wie nenn' ichs? —
bemächtiget sich meiner, indem er spricht?
flüsterte Pasithea. — Mir ist ich erwache
aus einem Traume. — Ich fürcht' er hat uns
bezaubert, sagte Aglaja. — Es ist unmöglich, seinem süſsen Geschwätze zu widerste-
hen, sagte Thalia. — Kurz, sie fingen an
ihm seine Blumenfesseln abzunehmen.

Wie froh war er, da er einen seiner schönen Arme wieder frey hatte! Sie vermuthen
doch, Danae, daſs der erste Gebrauch, den er

davon machte, kein andrer seyn konnte, als seine Befreyerinnen — umarmen zu wollen.

Wie? du bist schon so leichtfertig, sagte Thalia lächelnd, und hast erst Einen Arm frey? Warte, Amor! du sollst den andern nicht haben, wo du uns nicht schwörest, daſs du sittsam seyn willst!

„Also soll ich euch keinen Kuſs geben dürfen?“

Einen Kuſs? — rief sie, indem sich ihr Gesicht mit der süſsesten Rosenfarbe überzog: —

Nein, Amor, nein!
Nein, wir müſsten's gar zu strenge büſsen,
    Wenn wir uns von Knaben küssen lieſsen!
    Amor, nein, das kann nicht seyn!

*

Ein Kuſs macht Schmerz,
Ich hört' es oft die Mutter sagen;
    Es ist kein Scherz!
        Er macht die Lippen hitzig,
        Und Kinn und Nase spitzig,
Und fällt aufs Herz!

*

„Von Faunen, ja! das muſs ich selber sagen,
  Da macht er Schmerz.
Allein bey mir ist nichts zu wagen,
  Mein Kuſs erquickt das Herz.
Versucht es nur! ihr werdet Dank mir sagen!"

Nein, wir müssen erst die Mutter fragen;
  Es ist kein Scherz!

Gut, rief Amor, mit einer kleinen trotzenden Miene, die in seinem schönen Gesichte tausend Reitze hatte: ich sehe wohl, daſs man euch wider euern Willen glücklich machen muſs. Ihr sollt bald andre Gedanken von der Sache fassen.

Er glaubte, daſs es nun sehr leicht seyn würde sich los zu machen. Aber er erfuhr das Gegentheil. Er hätte leichter diamantene Fesseln zerreiſsen können, so sehr boten diese Blumenketten aller seiner Stärke Trotz. — Was für Mädchen sind das? dacht' er bey sich selbst, indem er Blicke auf sie heftete, mit denen er in das Geheimniſs ihres Wesens dringen zu wollen schien.

Warum siehst du uns so ernsthaft an? sagte Aglaja.

„Ich frage mich selbst, welche von euch dreyen ich am meisten lieben werde?"

Und was antwortest du dir?

„Ihr seyd alle drey so liebenswürdig, daſs ich mir nicht anders zu helfen weiſs, als — euch alle drey zu lieben."

Aber, welche von uns gefällt dir am besten?

„Die, welche sich zuerst küssen lassen wird!"

Schwestern, Schwestern, rief Aglaja mit einem kleinen Seufzer: ich besorge, es wird uns gereuen daſs wir uns mit ihm eingelassen haben.

Und doch! was sollten sie machen, die guten Kinder! Die Sonne war schon untergegangen. Sie muſsten zurück nach der Hütte; und Amorn gefesselt im Haine zurück zu lassen, war ein so grausamer Gedanke, daſs keine von ihnen fähig war, ihm nur einen Augenblick Gehör zu geben.

Komm, Amor, sagten sie, wir wollen dich los binden; aber erst muſst du uns schwören, daſs du recht artig seyn, und alles thun willst was wir dir befehlen!

Wer hätte gedacht, rief er, daſs so hold-
selige Mädchen so miſstrauisch seyn könnten!
Doch, ich will alles was ihr wollt.

Beym schmelzenden Entzücken

Von euern sanften Blicken!

Bey diesen Blumenketten,

Und bey den Zefyretten,

Die erst im Hinterhalt

In jungen Busen liegen,

Dann, von der Liebe Gewalt

Gepreſst, mit bangem Vergnügen

In kleiner Götter Gestalt

Den schönen Lippen entfliegen!

Beym Saft der Nektartraube,

Der Spröden Lüsternheit

Und Blöden Muth verleiht!

Bey meiner Mutter Taube,

Bey Dafnens Lorberbaum,

Und bey Endymions Traum!

Bey Ariadnens Faden,

Bey Jasons goldnem Vlieſs,

Bey Meleagers Spieſs,

Und Atalantens Waden,

Bey Leda's Ey, und Danae's Gold,

Schwört euch Amor — was ihr wollt!

„Und konnten so artige Mädchen einfältig
genug seyn, einen solchen Schwur verbindlich
zu glauben?“

Es ist wirklich wunderbar, Danae, daſs —
so viele Schönen, seit der e r s t e n die durch
Schwüre betrogen worden ist, sich noch immer
durch Schwüre betrügen lassen, die, im Grunde,
nicht um das Gewicht eines Sonnenstäubchens
verbindlicher sind als dieser!

„Aber wissen Sie auch, daſs Sie mir noch
ein Gemählde schuldig sind?“

Das dächt' ich nicht; und wovon?

„Von den G r a z i e n, von denen Sie mich
diese ganze Zeit über unterhalten, ohne sie
gemahlt zu haben.“

Desto schlimmer für mich! Denn ich hatte
wirklich die Absicht, sie zu mahlen; die n a i -
v e n G r a z i e n wenigstens, die Grazien, die,
sich selbst noch unbekannt, A m o r s Beystand
vonnöthen hatten, um die leichte Hülle, welche
die Arkadische Einfalt um sie geworfen hatte,
abzustreifen, und dem Gott der L i e b e —
s e i n e S c h w e s t e r n darzustellen.

„Aber ihre Gestalt?“ —

Vergeben Sie mir, Danae! Sie fordern
mehr von mir, als ich leisten kann. Sie mögen
sehr reitzend in ihrer Schäfertracht ausgesehen
haben; aber wie sie aussahen, das müssen
Sie Sich von unsrer Grazienmahlerin Ange-
lika zeigen lassen.

„Sie waren also nicht — wie man sie gewöhnlich vorzustellen pflegt?“ —

Unbekleidet, meinen Sie? — Nein!
Sie waren gekleidet, wie es die Arkadischen
Mädchen damahls zu seyn pflegten; nur arti-
ger. Denn die andern Mädchen eiferten ihnen
darin nach. Aber umsonst! Das was die
Töchter des jungen Bacchus und der
lächelnden Cythere, in welcher Tracht
sie erschienen, zu Grazien machte, entschlüpfte der Nachahmung. Es war nicht ein
Blumenstrauſs, auf diese Art oder auf jene Art
an einen Busen gesteckt: es war ein Blumenstrauſs von der Hand einer Grazie an den
Busen einer Grazie gesteckt. Es war das
Zauberische — das niemand nennen kann,
wozu die empfindsamen Seelen einen eigenen Sinn haben; was sich von diesen Günstlingen der Natur fühlen, denken, aber nicht
beschreiben läſst.

Ich weiſs nicht, ob die Grazien, welche Sokrates, der Weise, in seiner Jugend aus Marmor gebildet haben soll, in diesem Geschmacke gekleidet waren. Aber dieſs weiſs ich, daſs ich einem jeden Mahler, der nur ein Rubens, oder nur ein Boucher wäre, möchte verbieten können, die Grazien mit aufgelöstem Gürtel zu mahlen.

Schöne, junge, wollustathmende nackte Mädchen sind darum noch keine Grazien. Sie können dazu erhoben werden; aber diese Apotheose kann nur in der Einbildungskraft eines Apelles, eines Rafael, oder Korreggio, und auch da nur mit Hülfe einer auſserordentlichen Begeisterung vorgehen. Wenn es jemahls der Natur gefallen sollte, in Einem Manne Korreggio's Gefühl mit Rafaels Geist, und mit der ganzen Magie des feinsten und wärmsten Niederländischen Pinsels zu vereinigen: dann möchte diesem Fönix erlaubt seyn, alles zu wagen, wozu er sich geboren fühlte. Ihm könnte man zutrauen, daſs er den Charitinnen diese ideale Schönheit geben würde, von welcher Winkelmann mit einer Schwärmerey spricht, die in seinem Munde so viel Wahrheit hat; dieses Überirdische, „diese Einheit der Form, die, wie ein Gedank' erweckt, und mit Einem leichten Hauche geblasen schiene;" — dieses Karakteristische

endlich, dieses Seelenvolle, dieſs über ihre
ganze Gestalt ausgegossene Lächeln, diesen
unter ihr, wie durch einen dünnen Schleier,
hervor scheinenden Geist der Anmuth und der
Freude, der uns beym ersten Anblick empfinden machte, daſs wir die Grazien vor uns
sähen.

Bis dahin, Danae, vereinigen Sie Sich mit
mir, die Artisten zu ersuchen, daſs es ihnen
belieben möchte, ihre Geschicklichkeit im Nak-
kenden lieber an irdischen Formen, an Urbil-
dern, welche man nicht profanieren kann, zu
beweisen; — wofern sie anders nicht für anständiger halten, auch die unidealische Schönheit der Erdentöchter — von welcher eben
deſswegen keine geistigen Eindrücke zu
hoffen sind — des Schleiers, dem sie so viel
zu danken haben, nicht ohne Noth zu berau-
ben, und den Vorhang vor badenden Schönen bloſs aus dem ganz einfältigen Grunde
nicht wegzuziehen, weil diese Schönen sich
ganz sicher darauf verlieſsen, daſs sie auſser
Gefahr seyen, von männlichen Augen betas-
tet zu werden.

Bekleidet also waren sie; aber so, wie
Grazien bekleidet seyn sollen:

Nicht in den Gothischen Schwulst
Des ehrenfesten Wulst
Der Dame Quintagnone;
Nicht in gewebte Luft,
Wie ehmahls Roms Matrone;
Noch, wie Horaz zu Amors Fest sie ruft,
Mit aufgelöster Zone!

Dem leichten Silberduft
Glich ihr Gewand,
Das Zefyrs lose Hand,
Wenn Luna seufzend nieder
Auf ihren schönen Schläfer sieht,
Um ihr erröthend Antlitz zieht.

DIE GRAZIEN.

DRITTES BUCH.

Nun bin ich frey, rief A m o r hüpfend, da
sie ihn los gebunden hatten: und sehet, schöne
Schwestern, was für einen Gebrauch ich von
meiner Freyheit mache!

Er flatterte einer nach der andern in die
Arme, und liebkosete ihnen so schön, daſs sie
nicht umhin konnten, ihn freundlich an ihren
Busen zu drücken, und ihm alle die Küsso
wieder zu geben, die er ihnen, ohne um Erlaub-
niſs zu fragen, gegeben hatte. Ich wollte
nicht allen, denen diese Methode gefallen
könnte, rathen, es ihm nachzuthun. Man
muſs Amor seyn, oder Amorn zum Fürspre-
cher haben, um sich einen so guten Erfolg
versprechen zu können.

Itzt flog Amor wieder aus ihren Armen,
band die auf dem Boden verstreuten Blumen-
kränze in eine lange Kette zusammen, umwand
mit einem Theile davon seine schönen Hüften,
und reichte lächelnd das andre Ende den
Schwestern hin. Freywillig, rief er, will ich
euer Gefangener seyn!

Eure Ketten tragen
Ist so schön, so süfs!
Niemahls, seit ich Amor hiefs,
Fühlt' ich diefs Behagen!

*

O! wie nenn' ich euch, von euern Blicken,
Euerm Lächeln, allem was ihr seyd,
Diese unnennbare Süfsigkeit
Mit Einem Worte auszudrücken?

*

Ich nenn' euch Grazien, ihr holden Drey!
So soll euch Gnid und Pafos nennen!
Und selbst Cythere soll erkennen,
Dafs sie durch Euch allein der Herzen
Göttin sey!

Die Grazien fühlten sich selbst noch nicht
genug, um Amorn ganz zu verstehen. Aber
sie verstanden ihn doch genug, um das, was
er ihnen sagte, sehr schön zu finden. Wer
hätte gedacht, rief Thalia, dafs Amor so
artig wäre!

In der That, der kleine Gott wufste selbst
nicht recht wie ihm geschah. Er kannte sich
nicht mehr, seitdem er bey diesen holden
Mädchen war. Alle Schelmerey ging weg;
er fühlte sich unfähig ihnen einen seiner
Streiche zu spielen. Seine Empfindungen verfeinerten sich, und nahmen eine Farbe von
Sanftheit und Unschuld an, wie man sagt
dafs der Chamäleon die Farbe des Gegen-
standes annehme, der ihm der nächste ist.
Wären es gewöhnliche Nymfen gewesen, er
hätte nicht zehn Minuten warten können,
seinen kleinen Muthwillen auf Kosten ihrer
Ruhe auszulassen. Aber diese lieblichen
Mädchen, in denen alles, was naive Unschuld,
gefällige Güte und frohe Heiterkeit Göttliches
hat, wie in der Knospe eingewickelt lag,
diese konnte er nur — lieben; so lieben,
als ob es ihm geahnet hätte dafs sie seine
Schwestern wären; alle drey gleich zärtlich, und jede so sehr, dafs die Eifersucht

X. B.   4

selbst hätte befriediget seyn müssen, wenn
diese unedle, sich selbst quälende Leidenschaft einen Platz in dem Herzen der Grazien
finden könnte.

Aber was werden wir unsrer Mutter
sagen, wenn wir mit Amorn zurück kommen?
fragte die kleine Pasithea.

Wifst ihr, was wir thun? sprach Thalia: wir füllen diesen Korb mit Blumen,
setzen Amorn drauf, und tragen ihn nach
Hause, und sagen, dafs wir ihn unter den
Blumen gehascht haben, und fragen sie,
ob sie jemahls in ihrem Leben einen so
artigen Vogel gesehen habe? — Oder was
meint ihr?

Vortrefflich, Thalia! rief Amor lachend:
ich will mich so leicht machen, als ob ich
ein Schmetterling wäre; und für die Auf-
nahme bey eurer Mutter lafst nur mich sorgen! Sie soll mit mir zufrieden seyn.
Diefs sagend hüpft' er in den Korb, und
lachend und scherzend trugen ihn die Grazien
davon.

Die Schäferin, welche von den Grazien
Mutter genannt wurde, war, zu ihrer Zeit,

so schön gewesen, als man sich die A m m e
d e r G r a z i e n, von Venus selbst ausgewählt,
vorstellen kann. Aber sie fing an zu welken.
Ihr Hirt war kein S e l a d o n, kein P a s t o r-
f i d o, auch kein G e f s n e r i s c h e r D a f n i s;
doch wich er dem besten T h e o k r i t i s c h e n
Hirten nicht. Noch immer liebt' ihn seine
L y c ä n i o n; aber er war alt.

L y c ä n i o n stand unter der Hütte, als
die Mädchen mit ihrem Blumenkorb und
Amorn daher gehüpft kamen. Liebe Mutter,
rief T h a l i a:

Was wir dir für einen Vogel bringen!

Welche Locken! Was für schöne Schwingen!

Und ein Mädchengesicht!

Kann er dir nur halb so lieblich singen,

Als er lieblich spricht,

O, so sahst du keinen schönern nicht!

Was wir dir für einen Vogel bringen!

Gelbe, krause Locken, goldne Schwingen,

Und ein Mädchengesicht!

Venus sey uns gnädig! rief Lycänion, da
sie in den Korb hinein guckte: was für einen

Vogel habt ihr da! Arme Mädchen! Seht ihr
nicht dafs es Amor ist?

Ja wohl ist es Amor, rief die kleine Pasithea; aber der beste, freundlichste Amor von
der Welt.

Nicht der böse, ungestüme, wilde,

Der die Mädchen frifst!

Mütterchen, es ist

Ganz ein andrer, lachend, sanft und milde.

Auf den Blumen im Gefilde

Lag er schlummernd da;

Und wir banden ihn mit Blumenketten,

Eh' er sichs versah.

O! wie bat er uns! Allein wir hätten,

Als er sagte dafs er Amor sey,

Ihn nicht los gemacht, wiewohl wir drey

Er nur einzeln war; — er mufst' uns schwören,

Eh' er seine Arme frey bekam,

Uns kein Leid zu thun, und fromm zu seyn
und zahm.

Und er schwor's! es war recht schön zu hören!

Und als ob wir seine Schwestern wären,

Liebt er uns, und führt uns bey Cytheren

Seiner Mutter ein;
Und wir sollen, wenn wir artig wären,
Ihre Mädchen seyn!

Kinder, Kinder, rief die Amme — welche
nicht wußte daß ihre Pflegekinder die Töchter
einer Göttin waren — ihr habt euch hin-
tergehen lassen! So lieblich er aussieht, so
schlimm ist er.

Ihr denkt, er ist ein Kind
Und süßer Unschuld voll, wie Kinder sind?
Verlaßt euch drauf! Er lockt euch nur ins
Netze!
Traut seinem schmeichelnden, glatten Geschwätze;
Zu bald, zu bald gereut es euch!
Er ist der Wassernixe gleich,
Die unterm Schilf am Ufer lauschet
Und singt ihr Zauberlied,
Und, kommt ihr sie zu sehn, euch schnell ent-
gegen rauschet,
Und euch hinab ins Wasser zieht.

Ey, ey, Mütterchen, rief Amor; was
für eine Beschreibung du von mir machst!

Ich bitte sehr, erschrecke mir meine lieben Mädchen nicht! Ist's billig, daſs A m o r es entgelten soll, wenn dir H y m e n lange Weile macht? — Aber laſs uns gute Freunde seyn, schöne Lycänion! — He! Damöt, wo bist du, Damöt? — Wie gefällt dir diese junge Schäferin?

O Götter! riefen beide zugleich aus, indem sie einander ansahen und umarmten: B i s t d u L y c ä n i o n? — B i s t d u D a m ö t? — Welche Gottheit hat uns unsre Jugend wieder gegeben? — O Amor, wir erkennen deine wohlthätige Macht! Unser Entzücken allein kann dir unsern Dank ausdrücken!

Wie gefällt Ihnen Amors Rache, schöne Danae? Stellen Sie Sich selbst vor, welche Freude dieses unverhoffte Wunder verursachte.

Aber in dem nehmlichen Augenblick erfolgte ein andres, welches Amorn selbst in angenehmes Erstaunen setzte. Die Hütte, worin sie waren, verwandelte sich plötzlich in eine groſse Laube, deren Wände und Dach aus Myrten, mit Efeu und Weinreben verwebt, dicht zusammen geflochten waren. Rings um hingen groſse Kränze von frischen

Rosen, in Liebesknoten gewunden, an den Wänden herab; und ein Krug und etliche geschnitzte Becher, die auf dem Tische standen, füllten sich selbst mit dem besten Weine, der sprudelnd über den Rand der Becher sich ergofs.

Amor erkannte die unsichtbare Gegenwart seiner Mutter, und des schönen Bacchus des Freudengebers. Er sah die erstaunten Grazien an. Aber wie erstaunt' er selbst, da er, wiewohl ihre Gestalt noch kenntlich blieb, die holden Mädchen zu wahren Göttinnen erhöhet sah!

Das Irdische schien wie eine leichte Hülle von ihnen abgefallen zu seyn. Nahmenlosen Reitz athmend schwebten sie über dem Boden; in ihren Augen glänzte unsterbliche Jugend; Ambrosia düftete aus den flatternden Locken; und ein Gewand, wie von Zefyrn aus Rosendüften gewebt, wallte reitzend um sie her.

O! lafst euch umarmen, rief Amor entzückt: meine Augen öffnen sich; die Götter erklären uns das Geheimnifs eures Wesens; umarmet mich, holde Grazien, ihr seyd meine Schwestern!

Sie umarmten ihn — Aber diese Scene —
wenn jemand sie mahlen kann, so muſs es
der Dichter seyn, der Pygmalions Statue beseelt
und die Vergötterung der schönen Ino so
göttlich gesungen hat. Ich gestehe Ihnen,
Danae, daſs ich hier an der Grenze meiner
Fähigkeit bin.

DIE GRAZIEN.

VIERTES BUCH.

VIERTES BUCH.

Die Bewohner Arkadiens in diesen Zeiten
waren gute Leute, gröfsten Theils Hirten,
aber weit davon entfernt, so zärtlich und
witzig zu seyn, und so schöne M o n o l o g e n
halten zu können, als die M y r t i l l e n und
K o r i s k e n des sinnreichen G u a r i n i.

Doch, diefs wollen wir ihnen gerne zu
gute halten, Danae: denn wie sehr wir auch
für die geistvolle Poesie dieses Wälschen Dich-
ters, für die Magie seines Ausdrucks und die
Musik seiner Verse eingenommen sind; so
können wir uns doch nicht verbergen, dafs
die Vermischung der Arkadischen Einfalt mit
der romantischen Spitzfündigkeit in Gedanken
und Ausdrücken, die er seinen Liebhabern

giebt, ungefähr eben die Wirkung auf uns mache, als wenn wir die künstliche Symmetrie, die in groteske Formen verschnittenen Bäume, und die in Einen Punkt zusammen laufenden, nach der Schnur gezogenen Hekken unsrer (ehmahligen.) Lustgärten in Arkadische Gegenden versetzt sehen würden;

In Gegenden, wo die Natur, vom Zwange der
Regeln entbunden,
Als spielte sie nur, die großen Wunder gethan,
Wozu die Kunst noch nie den Schlüssel gefunden,
Und edel ohne Schwulst, harmonisch ohne
Plan,
Den Reichthum mit Einfalt, den Reitz mit
Majestät verbunden.
In stille Matten, an denen ein rieselnder Bach
Durch junge durchsichtige Büsche sich windet,
Und Wäldchen, wo der Hirt ein kühles
Sonnendach,
Und Amor den Schlaf, und Begeist'rung der
Penseroso [1]) findet.

Allein diesen lieblichen Gegenden des schönen Arkadiens fehlt' es noch an Einwohnern,

[1]) Der gefühlvolle Dichter. Anspielung auf Miltons *Penseroso.*

die ihrer würdig waren. Noch glichen sie
jenen unvollendeten Menschen, die, von P r o -
m e t h e u s aus geschmeidigem Thon gebildet,
auf den beseelenden Funken warteten, den er
für sie aus der geheimen Quelle des himm-
lischen Feuers im Olymp zu stehlen unter-
nahm.

Freyheit und Überfluſs des Nothwendigen
theilte ihnen diejenige Art des Wohlstandes
mit, welche die Grundlage der Glückseligkeit,
aber nicht die Glückseligkeit selbst ist. Sie
lebten friedsam unter einander; die Nothwen-
digkeit hatte ihnen sogar die edleren Begriffe
von einem gemeinsamen Besten, und dieses
von Tugend und Verdienst gegeben; aber
die Reitze der verfeinerten Geselligkeit, diese
kannten sie noch nicht. Ihre Jünglinge waren
noch w i l d, ihre Mädchen b l ö d e. Die Liebe
war bey ihnen wenig mehr als die Sättigung
eines thierischen Triebes; ihre Seele war noch
nicht zur Idee einer feinen ausgesuch-
ten Glückseligkeit aus der Wahl
ihrer Gesellschaft 2) (wenn ich mir
einen Ausdruck von M i l t o n eigen machen
darf) erhöhet. Bey ihren Festen herrschte

2) *A nice and subtle happineſs, I see,*
   Thou to thyself proposest in the choice
   Of thy associates —

   Parad. Lost, B. VIII. v. 399.

lärmende zügellose Fröhlichkeit, die sich oft,
nach Thracischer Weise, in Schlachten mit
Bechern und Krügen, 3) und allemahl in einem
allgemeinen Rausch endigte. Denn sie kannten noch für Sterbliche, und Götter selbst,
keine gröfsere Wonne. Das feinere Gefühl
des Schönen und Anständigen, die edlere
Liebe, die allein dieses schönen Nahmens
würdig ist, den züchtigen Scherz und das
witzige Lachen, und diese liebliche Trunkenheit, welche die Seele nicht ersäuft, nur
sanft begeistert, sie (wie der Homeri-
sche Nepenthe) in süfses Vergessen aller
Sorgen einwiegt, unfähig zur Traurigkeit
macht, und jeder zärtlichen Regung und
schuldlosen Freude öffnet, — von allem diesem wufsten die guten Leute nichts. Zwar
hatten die Musen angefangen ihnen ihre
Gaben mitzutheilen; die Arkadier waren unter
allen Griechen durch die Liebe zur Musik
berühmt. Aber ohne die Grazien und
Amorn in ihrer Gesellschaft ist es
selbst den Musen nicht gegeben, die Ver-
schönerung des Menschen zu vollenden.

So war es mit Arkadien beschaffen, als
die Grazien, ehe sie mit Amorn nach Pafos,

3) *Natis in usum laetitiae scyphis*
    Pugnare, Thracum est —
        Horat. Od. I. 27.

dem Sitz ihrer schönen Mutter, zogen, den lieblichen Gegenden, wo ihre Kindheit in ländlicher Einfalt und Unwissenheit ihrer selbst dahin geflossen war, die ersten Wirkungen ihrer neuen Macht zurück lassen wollten.

Ein alter König in Arkadien hatte Wettspiele der Schönheit, aber nur für die Jünglinge, angeordnet; und der Tag dieser Wettspiele stand bevor.

Warum schliefsen wir unsre Mädchen von einem Streit aus, der sie zum wenigsten so nahe angeht als uns? — sagte Damöt zu seinen Landsleuten.

Du hast Recht, antworteten die Arkadier: die Mädchen sollen zu gleicher Zeit um den Preis der Schönheit streiten, — und aus des schönsten Jünglings Hand soll das schönste Mädchen einen Kranz von jungen Rosen, das Zeichen des Sieges, empfangen, sprach Damöt.

Nichts konnte einfältiger seyn als dieser Gedanke Damöts; und doch hatte ihn noch niemand gehabt. Sie wissen, Danae, dafs dieses die allgemeine Geschichte der Erfindungen ist.

Aber auch Damöt würde ihn nicht gehabt haben. Die Grazien waren es, die ihn unbemerkt auf seine Lippen legten; und die Grazien waren es, welche die Arkadier so bereit und einstimmig machten, ihn auszuführen.

Die Nachricht von diesen neuen Wettspielen weckte die Arkadischen Schönen auf einmahl wie aus einem tiefen Schlummer auf.

Bisher waren sie, wie Winkelmann von der Diana sagt, schön gewesen ohne sich ihrer Reitzungen bewufst zu seyn: oder, noch richtiger zu reden, ihre Schönheit hatte noch keine Reitzungen.

Wenn, wie es oft geschah, an Festen zum Exempel,
In einem heil'gen Hain (denn Tempel
Gab's nicht in diesem Schäferland)
Die schöne Welt sich bey einander fand,
Stieg unter hunderten nicht Einer jungen Dirne
Der Einfall auf: Gefall' ich oder nicht?
Gefiel sie — gut! so hatt' ihr fein Gesicht,
Der rothe Mund, die weifse freye Stirne,
Die schöne Brust, diefs oder das, daran

Die Schuld; sie hatte selbst zur Sache nichts
gethan.
Die Mädchen wußten nicht, daß große schwarze
Augen
Zu etwas mehr als in die Welt hinaus
Einfältiglich dadurch zu gucken, taugen;
Nicht, wie man einen Blumenstrauß
Mit Vortheil an den Busen stecket,
Damit, durch eine kleine List,
Die Hälfte, die er nicht bedecket,
Mehr als das Ganze ist. 4)

Aber nun gingen ihnen plötzlich die Augen
auf. Der Wunsch zu gefallen hob jeden Busen
und strahlte aus jedem Auge. Einzeln schli-
chen sie sich itzt in stille Gebüsche, an über-
schattete Bäche, oder in Grotten, wo herab
murmelnde Quellen in spiegelhelle Brunnen
sich sammelten. Dort beschaueten sie sich
selbst, dort schminkten sie sich, wie Hage-
dorns ländliche Dirne, aus der silbernen

4) Eine Anspielung auf den berühmten Vers des
Hesiqdus:

Νήπιοι οὐδ' ἴσασιν ὅσῳ πλεον ἥμισυ παντος;!

Die Thoren, die nicht wissen, um wie viel
die Hälfte mehr ist als das Ganze!

Quelle, und versuchten, wie sie den Blumen-
kranz aufsetzen wollten, damit er ihnen am
besten lasse, und überlegten, wie sie mit
guter Art diese Schönheit hervorstechen lassen, oder jenen Fehler verbergen könnten.

Unter allen diesen Schäferinnen hatte keine
mehr Anspruch an den Preis der Schönheit
zu machen, als Fyllis, eine junge Unemp-
findliche, welche das Vergnügen zu gefallen
weniger als irgend eine von ihren Gespielen
zu kennen schien. Der junge Dafnis, so
schön und blöde als Fyllis schön und unempfindlich, liebte sie. Schon zwey Sommer
schlich er ihr nach. Tausendmahl hatte er
sich ihr mit dem Vorsatze genähert, seine
Liebe zu entdecken; aber noch nie hatte er
den Muth in sich gefunden, ihn auszuführen.

Oft hatte zwar sein Blick die kühne That
      gewagt,
Oft Seufzer, Thränen oft, die ihm ins Auge
      drangen,
Sein stummes Leiden ihr geklagt:
Allein was konnte das bey einem Kinde ver-
      fangen,
Dem die Natur noch nichts für ihn gesagt?

Itzt wurde Fyllis von ihm überschlichen,
da sie allein am Rand einer Quelle saſs.

Sie saſs auf Blumen und Moos
In schönen Gedanken verloren.
Ein frischer Roth, als Auroren
In junger Rosen Schooſs
Entgegen glänzt, umzog ihr liebliches Gesicht.
Sie schien zum ersten Mahl zu fühlen,
Und sah — ganz Auge — nicht
Den Hirten; nein, die schönen Augen zielen
Nach einem Ast, wo unverhüllt
Vom jungen Laub, zwey sanfte Täubchen spielen,
Der schönen Liebe schönstes Bild!

Schon eine Weile stand der junge Hirt,
die Augen an die ihrigen geheftet, hinter
dem leichten Gebüsche, und Amor, der
unsichtbar neben ihm schwebte, haucht' ihm
Gedanken ein, über die er, als hätt' er gefühlt
daſs sie nicht sein eigen waren, sich zu verwundern schien. Itzt, dacht' er, itzt,

Da ihrer Wangen Gluth, die wallende Bewegung
Der sanften Brust, des Herzens innre Regung
Verräth; itzt da sie sich

Betroffen fragt: Wie ist mir? Was bedeutet

Der süße Schmerz der mich

Zu seufzen zwingt? — Itzt, Dafnis, zeige

dich!

Itzt ist sie dich zu hören vorbereitet!

Der junge Dafnis gab. den geheimen Eingebungen des kleinen Gottes nach. Aber seine Blödigkeit war zu groſs, um auf einmahl zu weichen.

Er tritt hervor, mit vieler Sorgfalt zwar,

Damit sein Anblick sie zu sehr nicht überrasche;

Er fingert lang' an seiner Schäfertasche,

Stets lauter, sumst ein Lied, und hustet endlich gar.

Alles umsonst! In ihre Gedanken vertieft, sah und hörte die schöne Fyllis nichts.

Eine kleine Ungeduld wandelte den Sohn der Venus an. Was zögerst du? flüstert' er ihm ein; zu ihren Füſsen wirf dich! — Und, mit einem kleinen Stoſs, den ihm Amor gab, lag Dafnis, ohne selbst zu wissen wie, zu ihren Füſsen.

Erschrocken schauert sie in sich hinein, will
fliehn,
Und bleibt im Fliehn am Boden kleben.
Er klagt, und klagt so schön, dafs ihn
Zu hassen, klagt so schön, dafs ihm nicht zu
vergeben
Nichts leichtes war. —

Pasithea, die jüngste von Amors Schwestern, war dem schwärmenden Bruder unsichtbar nachgefolgt. Und itzt, da, von Amorn
angetrieben, der schöne Hirt die Knie des
bebenden Mädchens mit zärtlichem Ungestüm
umfafste, itzt gläubte die Grazie, dafs es
Zeit sey, ihrer ehemahligen Gespielin beyzu-
stehen. Von ihrem sanften Anhauch glitschte
eine zarte Flamme von schönem Unwillen aus
den seelenvollen Augen des Mädchens, die
über ihr ganzes reitzendes Gesicht einen
höhern Glanz verbreitete. Mit dem Stolze der
Unschuld, aber mit bebender Hand, stiefs
sie den Jüngling zurück. Denn beynahe in
dem nehmlichen Augenblicke zerflofs ihr kleiner Unwille in Mitleiden und Liebe.

Amor schien alle seine Macht aufzubie-
ten, um den jungen Hirten verführerisch zu
machen.

Das Mädchen blickt erstaunt auf ihn,
Und wundert sich noch nie bemerkt zu haben
Wie schön er ist, wie seine Wangen blühn,
Die krausen Locken, schwarz wie Raben,
Und schwarz sein Aug', und seinem runden Kinn
Von Amorn selbst ein Grübchen eingegraben.
Wie viel, sonst ungesehn, sieht itzt die Schäferin!
Ihr Auge schmilzt in immer sanftre Blicke;
Es war des Hirten Schuld, wenn er von seinem Glücke
Die Zeugen nicht in ihnen schwimmen sah.
Unschlüssig zieht sie die Hand von seinem Kusse zurücke,
Und selbst ihr Weigern lächelt — Ja!

Noch niemahls war eine Schäferin in Arkadien so reitzend gewesen; und noch kein Schäfer hatte empfunden was der Jüngling empfand; die feurigste Liebe, von der zärtlichsten Ehrerbietung gefesselt. Unfähig ihre liebenswürdige Schwachheit zu mifsbrauchen, schien er keine gröfsere Wonne zu wünschen, noch zu kennen,

Als einen Blick, der ihm Gefühl gestand,
Und einen Kufs auf ihre schöne Hand.

Ich habe nicht nöthig, Ihnen zu sagen, Danae, daſs man so liebt, wenn die Grazien mit Amorn die Herrschaft über unsre Herzen theilen.

Endlich darf ich hoffen, sagte Dafnis, daſs Amor durch meine geheimen Thränen, durch die verhehlten Schmerzen zweyer trauriger Jahre versöhnt ist! Täuscht mich eine betrügliche Hoffnung, Fyllis? — O dann laſs mich, süſser Gott der Liebe, laſs mich nie aus diesem beglückenden Traum erwachen!

Ein zärtlicher Blick und ein sanfter Druck seiner Hand gaben ihm die Antwort des gerührten Mädchens.

Aber, ach! Fyllis, der morgende Tag! Alle unsre Jünglinge wirst du versammelt sehen. Alle werden nur dir, nur dir gefallen wollen. Wie liebenswürdig wird sie dieſs Verlangen machen! Was wird, ach Fyllis, was wird dann aus deinem Dafnis werden?

„Und du, Dafnis, du wirst alle unsre Mädchen versammelt sehen. Jede wird sich selbst für die Schönste halten wenn sie dir gefällt, und jede wird es zu seyn wünschen, und Amorn heimlich Gelübde thun. Ich werde mich schüchtern hinter sie verbergen, und nicht Muth haben die Augen aufzuheben. Dafnis! werden dann die deinigen mich suchen, und, wenn sie mich gefunden haben, mir sagen daſs du mich noch liebest?"

Die Antwort eines zärtlichen Liebhabers auf einen solchen Zweifel ist etwas zu bekanntes, Danae, als daſs ich Sie damit aufhalten sollte.

Der gewünschte und gefürchtete Morgen war nun gekommen. Die Jünglinge und die Alten versammelten sich am Fuſs eines Hügels, der in sanften Stufen wie ein Amfitheater sich erhob, oben mit hohen Bäumen bekränzt, hinter welchen die aufgehende Sonne hervor brach. Sechs alte Arkadier, deren geübtes Auge noch scharf genug sah, jede Schönheit zu fühlen und keinen Fehler unbemerkt zu lassen, nahmen als Richter ihren Platz; und die Jünglinge begannen den Streit mit einem bewaffneten Reihentanze. Sie tanzten um die Bildsäule des schönen Hyacinth, des Amykliden, welchen Apollo geliebt hatte; ein Werk alter Kunst, aber schön genug, um das Modell einer tadellosen männlichen Schönheit zu seyn. Selbst ein Fidias oder Polyklet konnte sich nur den Apollo unter den Musen, oder den jungen Bacchus schöner denken.

Kaum war der Tanz mit einem Lobgesang auf den Delſischen Gott und seinen Liebling geendiget, so sah man die schöne Jugend in die Wette sich entwaffnen und entkleiden; jeder begierig, durch seine Eilfertigkeit zu zeigen, daſs er keine Ursache habe, das strenge Auge der Richter zu scheuen. Ein schöner Anblick unverdorbner Natur und blühender ungeschwächter Jugend, in welcher der schöne Umriſs des jugendlichen Alters, mit den Merkmahlen der Stärke vereinbart, und erhoben durch den warmen Glanz einer von frischen Rosen durchglühten Weiſse, das beobachtende Auge so angenehm rührte, daſs es schwer war, kalt genug zu bleiben, um Mängel in einzelnen Formen oder Theilen zu entdecken.

Neue Tänze, mit Wettspielen im Ringen und Laufen und allen andern Übungen abgewechselt, welche geschickt sind die Eigenschaften einer schönen Bildung zu entwickeln, gaben den Richtern Gelegenheit ihr Urtheil festzusetzen; und oft waren kleine Ausrufungen, welche der Anblick einer vorzüglich schönen Stellung ihrem richterlichen Kaltsinn abnöthigte, die Vorboten des Ausspruchs, der auf ihren Lippen schwebte.

Die Gewohnheit befahl, aus allen diesen Nebenbuhlern um den Preis Vier zu erwählen,

welche für die Würdigsten geachtet wurden,
um den Vorzug zu streiten, wer unter ihnen
dem Liebling des Apollo am nächsten komme.
Alles was diese Vier zu thun hatten, war,
sich zwey und zwey zu beiden Seiten seiner
Bildsäule in der nehmlichen Stellung den
Augen der Richter unbeweglich darzustellen.

Die Stimmen wurden gesammelt, und
Dafnis erhielt den Preis.

Der erröthende Jüngling wurde gekrönt;
und so grofs war bey diesem glücklichen
Volke die Liebe der Schönheit, dafs unter
allen Besiegten nicht Einer war, der sich
durch den Vorzug des Siegers für beleidigt
gehalten hätte. Ein lautes Freudengeschrey
rief seinen Nahmen aus, und der Wiederhall
brachte ihn bis in die Gegend, wo, durch
einen den Nymfen geheiligten Hain abgeson-
dert, die Mädchen unter der Aufsicht ihrer
Mütter versammelt waren, um einen Preis
zu streiten, den jede wünschte, und keine
zu verdienen hoffte.

Vertheilt in kleine Gruppen, stunden
Die holden Mädchen schüchtern da,
Und unter so vielen ward keine gefunden,
Die nicht von jeder Gespielin sich übertroffen sah.

Ein leichtes weißes Gewand,

Mit künstlichen Blumen bemahlet

Von ihrer eigenen Hand,

Schien um sie her zu weben,

Und stahl dem Auge nicht den lieblichen Kontur.

Es glich dem Schatten nur,

Wodurch die Apellen den Reitz der schön-

 sten Theile heben,

Und Feuer und täuschendes Licht dem schö-

 nern Ganzen geben.

Ein Theil der Locken floß

Die schönen Schultern herab, ein Theil war

 aufgewunden,

Der Busen halb verhüllt, die schönen Arme

 bloß,

Und, nymfenmäßig, ein Theil der Kleidung

 aufgebunden.

Unter die übrigen Schäferinnen hatten sich auch die Grazien gemischt, aber, um noch unerkannt zu bleiben, in ihrer vorigen Gestalt und Tracht; welche gleichwohl nicht verhindern konnte, daß nicht ein Schimmer von Göttlichkeit, und der unbeschreibliche Reitz der ihr ganzes Wesen ausmacht, alle Augen mit stiller Bewunderung auf sie geheftet hätten. „Wie reitzend die Töchter der Lycänion sind!

sagte eine zur andern — mich däucht, daſs ich sie nie so schön gesehen habe. — Kannst du glauben, Ägle, daſs du mir in diesem Augenblick schöner vorkamst, da dich Thalia anlächelte? — Für wen werden unsre Hirten Augen haben als für sie?"

Ich fühl' es, (sagte Fyllis zu Aglajen, und umarmte sie) ich fühl' es, indem ich dich ansehe, nur die Göttin der Liebe könnte dir den Preis zweifelhaft machen; und doch kann ich nicht satt werden dich anzusehen, und das Vergnügen, das ich dabey empfinde, wird durch keine Unlust, übertroffen zu seyn, beschattet. Umarme mich, liebenswürdige Aglaja! Sage mir, du liebest mich wie ich dich liebe!

Aglaja umarmte sie, und heftete einen Blick auf sie, aus welchem die Grazie ganz hervor glänzte.

„Welch ein Blick war dieſs! — rief die junge Schäferin mit dem Ausdruck eines süſsen Erstaunens im Gesicht und im Ton ihrer Stimme. Aber — ach! was wird aus deiner armen Fyllis werden?"

Was fürchtest du, meine Liebe?

„Ich fürchte dich, und in eben dem Augenblick fühl' ich, daſs ich dich unaussprechlich liebe."

Was für eine Sprache, meine Freundin! Du fürchtest mich?

„Ach, Aglaja! Ich will dir meine ganze Schwachheit gestehen! dein Anblick läfst keinem Mifstrauen, keiner Zurückhaltung Platz. — Ich liebe“ — sagte das erröthende Mädchen, indem sie ihr Gesicht in dem Busen der Grazie verbarg.

Und wie sollte dich der nicht wieder lieben, den du liebest?

„Er liebte mich, Aglaja; ich bin es gewifs, er liebte mich. Aber wenn er dich sehen wird! — Ach, liebste Freundin, ich fühl’ es voraus, ich werde unglücklich seyn; und doch kann ich dich nicht weniger lieben! Er wird dich sehen, und beym ersten Blick vergessen dafs eine Fyllis ist die er liebte, und die ihr allzu weiches Herz gegen seine Thränen nicht verhärten konnte. Und — auch du, Aglaja, auch du wirst ihn lieben! Wie solltest du nicht? Er ist der schönste, der sanfteste unter allen Hirten!“

Fürchte nichts, liebe Fyllis! sagte die Grazie: wenn ich auch so gefährlich wäre als die Furchtsamkeit der Liebe dich bereden will, deinem Hirten werd’ ich, so bald er dich ansieht, nur ein gewöhnliches Mädchen seyn.

In den Augen der Liebe ist nur das Geliebte
schön.

„Vergieb mir, liebste Freundin; mein eignes
Herz sagt mir — und ich bin doch ein Mädchen — was das seinige fühlen wird, wenn
du ihn mit einem solchen Blick ansehen würdest, wie du mich itzt ansahest. Verachte
mich nicht dafs ich so schwach bin, beste
Aglaja! aber — wenn ich dich etwas bitten
dürfte —"

Alles, was das Herz meiner sanften Gespielin beruhigen kann!

„Ach! es war eine alberne Bitte. Du
kannst sie mir nicht gewähren. Nicht so reitzend zu seyn, wollt' ich dich bitten, nicht so
sehr einnehmend, so sehr rührend zu seyn, wie
du bist. Aber wie könntest du?"

Sey ruhig, liebe Fyllis! — Sie kommen. —
Besorge nichts! Bald wirst du sehen wie ver-
geblich deine Sorge war. — Hier entschlüpfte
die Grazie aus ihren Armen.

Musik und Gesänge verkündigten die An-
kunft der Hirten. Mit Rosen bekränzt, kam
der schöne Dafnis, gleich dem Apollo, wenn
er, die goldne Leier in der Hand, vom Pin-
dus herab steigt; von der blühenden Schaar

der Jünglinge begleitet, kam er den sanften Hügel herab, der in die Ebne hinab führte, wo die Mädchen versammelt waren.

In einem weiten Kreise setzten sich die Väter und die Mütter paarweise auf der An-höhe, welche die Wiese wie ein halber Mond umgab.

Die Jünglinge standen oder safsen am Fufse des Hügels; der schöne Dafnis in ihrer Mitte, den Kranz von Rosen in der Hand, der das schönste Mädchen krönen sollte; und die drey Jünglinge, die schönsten nach ihm, an seiner Seite.

Es war verordnet, dafs diese drey eben so viele unter den Mädchen auswählen soll-ten, und zwischen den Ausgewählten sollte Dafnis den Ausspruch thun. Denn der selbst Schöne ist, wie Jupiter beym Lucian sagt, der natürliche Richter der Schönheit. Die-jenige, welcher er den Kranz um die Stirne legen würde, sollte für die Schönste erkannt werden.

Der Herold rief eine allgemeine Stille aus, und nun begann der Tanz der Schäferinnen.

„Und die Grazien tanzten mit?“ fragen Sie, Danae. Ja, sie tanzten mit.

„Die armen Schäferinnen! Der Streit war
gar zu ungleich! Was für Ehre konnt' es den
Grazien machen, sterbliche Mädchen, einfäl-
tige Arkadische Schäferinnen auszulöschen?"

Sie irren Sich, Danae; das thaten die Grazien nicht. Sie bewiesen ihr Daseyn vielmehr
durch die Reitzungen, welche sie mittheil-
ten, als durch ihre eigenen. Sie dachten
weniger daran selbst zu gefallen, als zu
machen daſs ihre Gespielen gefallen muſsten.

Eine unruhige Bestrebung gefallen zu wollen, ist das sicherste Mittel seines Zweckes zu
verfehlen.

Durch den geheimen Einfluſs der Grazien
ergoſs sich ein allgemeiner Geist von Wohl-
wollen und sanfter Fröhlichkeit über diese
jungen Schönen aus. Ohne Eifersucht, ohne
Begierde vor andern bemerkt zu werden, schien
eine jede stolzer auf die Reitzungen ihrer Gespielen als auf ihre eigenen zu seyn.

Gestehen Sie, Danae, daſs die Grazien hier
ein Wunder wirkten!

Ihr Tanz schien die unvorbereitete Einge-
bung einer naiven Freude, welche ihren
Füſsen und Armen Seelen gab, oder vielmehr

durch alle ihre Bewegungen Eine gemein-
schaftliche Seele hauchte.

So tanzen, umschattet von flatternder Gase,

Am Fuſse des Cynthus, auf kurzem, sammtnem

Grase,

Die Nymfen um ihre Gebieterin her;

So sieht der alte Vater Homer

Latonens Tochter mit euch, ihr Chari-

tinnen,

Und mit den Musen im Delfischen Hain

Zum schönsten Gesang den schönsten Reigen

beginnen.

Die Einbildung konnte sich nichts ange-
nehmeres dichten, als dieses Schauspiel war.

Die Augen schwammen ergetzt, befriedigt, trun-

ken von Lust,

Auf schönen Formen dahin, vergaſsen sich im

Schauen,

Und irrten von Reitz zu Reitz, von schwarzen

Augen zu blauen,

Und von der reifen Brust,

Die, vollen Trauben gleich, zum Pflücken
                    winkt,
Zu jener hin, die, wie ein Lilienbeet,
Von Amors Hauch zum ersten Mahl gebläht,
In schönen Wellen steigt und sinkt.

                    *

Bey solchen Scenen war's, wo in den goldnen
                    Zeiten
Der Kunst (die itzt aus Schutt sich Muster
                    graben muſs)
Den Zeuxis und Parrhasius
Die schöne Menschheit sich von ihren schönsten
                    Seiten
Zu sehen gab. Hier füllten sie
Das Magazin der Fantasie
Mit Stoff zu Göttern an, und hatten nur zu
                    wählen;
Den Bienen gleich, die auf der bunten Flur
Den schönsten Blumen nur die süſse Beute
                    stehlen.
Hier lernten sie der willigen Natur

Das Handwerk nicht, ihr ängstlich nach-
zuäffen,
Nein, das Geheimnifs ab, sie selbst zu übertreffen.

Die Grazien hatten, wie gesagt, alle
Vorsicht angewandt ihre Gottheit zu verbergen; aber die Verkleidung in Schäferinnen
konnte nicht verhindern, dafs sie nicht noch
immer die reitzendsten unter allen ihren Gespielen schienen. Sie würden es

Selbst in dem Gothischen Wulst
Der Dame Quintagnone

geblieben seyn. Was Wunder also, dafs, wie
es nun dazu kam, dafs die erste Wahl geschehen sollte, die drey Jünglinge in Einem Augenblick einig waren, Lycänions Töchter auszurufen? Jedermann billigte diese
Wahl mit sanftem Händeklatschen; und unter
so vielen Müttern, welche zugegen waren,
fand sich nicht Eine, welche den Vorzug, der
Lycänions Töchtern vor ihren eigenen gegeben wurde, nicht mit Vergnügen anerkannt
hätte.

Nur Dafnis, welcher itzt unter diesen
Dreyen die Schönste krönen sollte, Dafnis

allein stand in unschlüssiger Verwirrung da, und suchte mit Augen voller Unruh — seine Fyllis.

Das arme Mädchen! Sie ward es nicht gewahr; woher hätte sie den Muth, die Augen aufzuheben, nehmen sollen? Sie hatte keinen Wunsch, die Schönste zu seyn, als in ihres Dafnis Augen. Aber, wie konnte sie diefs hoffen, da er Lycänions Töchter, da er Aglajen, von lauter Reitzen schimmernd, vor sich sah?

Lange hatte Dafnis gezögert; alle Augen waren auf ihn geheftet, und die Erwartung schwebte auf den halb geöffneten Lippen. Endlich trat er hervor. Wie schön seyd ihr, holde Schwestern! sprach er zu den Grazien: wahrlich, je mehr ich euch betrachte, keinen sterblichen Mädchen gleich! Es ist unmöglich, unter euch zu wählen. Aber — vergebet mir, wenn mich Amor gegen eure Vorzüge ungerecht macht!

Hier sah er sich wieder nach Fyllis um. Dieses Mahl begegnete sein Blick dem ihrigen, und o! wie viel Liebe, welche rührende Angst las er in ihren Augen! In jedem glänzte eine zurück gehaltene Thräne. Wär' er auch unent-

schlossen gewesen, so hätte ihn dieser Anblick fähig gemacht, sich dem Zorne der Venus
selbst um ihrentwillen auszusetzen.

Vergebet mir, schöne Schwestern, rief er,
und ihr Schäferinnen alle, deren jede werth ist,
von Amorn gekrönt zu werden — Ich liebe —
und wie sollte sie, die ich liebe, nicht die
Schönste in meinen Augen seyn? — Mit diesen Worten flog er der erröthenden Fyllis
zu, und wollte den Kranz auf ihre Stirne
setzen. In Freudenthränen verwandelt, schli-
chen die Thränen, die in ihren Augen standen, die glühenden Wangen herab. — Nein,
Dafnis, sprach sie, diefs ist zu viel! Dein
Herz, ja, diefs verdien' ich, und diefs ist alles,
was ich wünsche. Der Kranz gehört Aglajen zu!

Allgemeine Aufmerksamkeit war auf diese
Scene geheftet; aber bald wurde sie von einem
unerwarteten Wunder verschlungen.

Amor zeigte sich auf einer goldnen Wolke,
von Zefyrn getragen; Gerüche von Ambrosia
walleten, wie leichte Nebel, von ihr herab.
Der irdische Schleier, den die Grazien um

sich geworfen hatten, fiel von ihnen ab.
Leicht schwebend erhoben sie sich in ihrer
eigenen Gestalt, wahre Göttinnen, vom Boden
zu Amorn auf.

Süfses Schrecken und allgemeines Entzücken
kam über die ganze Versammlung. Dafnis
und Fyllis warfen sich zur Erde. Der bebende
Jüngling wollte reden — aber A m o r unter-
brach ihn, mit Worten von deren Ton die
Herzen schmolzen: Du hast meine Macht vor
dieser ganzen Versammlung gerechtfertigt, junger Hirt! Du verdienst glücklich zu seyn: und
wenn alle Gaben, welche Amor und seine
Schwestern über Liebende auszugiefsen vermögen, euer Glück vollkommen machen können, so soll euch nichts zu wünschen übrig
bleiben. — Und ihr, Jünglinge und Mädchen,
höret A m o r s G e s e t z! Vergebens würd' es
seyn, künftig um den Preis der Schönheit zu
streiten. Jede Schäferin sey zufrieden, in den
Augen ihres Hirten die Schönste zu seyn!

Amor hatte noch nicht ausgeredet, als
plötzlich ein kleiner Hain voll aufblühender
Rosen unter ihm empor stieg. Alle Jünglinge
liefen hinzu, und pflückten Rosen, und jeder
kränzte die Haare seines Mädchens.

Und nun, rief Aglaja, an die Arme ihrer
schönen Schwestern angeschlungen, mit dem
Lächeln und der Stimme der schönsten unter
den Grazien herab, höret auch mich, ihr,
einst meine holden Gespielen! Niemahls werden euch die Grazien verlassen! Oft werden
wir an Sommerabenden uns in eure frohen
Tänze mischen; zwar euern Augen unsichtbar; aber an einem sanften Beben der Brust,
an einem höhern Gefühl der seligen Triebe
der Liebe, und des Vergnügens einander glücklich zu sehen, werdet ihr unsre Gegenwart
erkennen! Feiert, Töchter Arkadiens, künftig
diesen Tag! Er sey einem Wettstreit in jeder
weiblichen Tugend heilig! Und nur diejenige,
welche die Beste ist, erhalte den Preis der
Schönheit!

Auf einmahl entzog sich das himmlische
Gesicht den entzückten Augen, die noch lange
weit offen empor schauten, seine Spuren in
der ambrosischen Luft zu suchen. Überall
wuchsen Rosengebüsche, wo der Fuſs der Grazien den Boden berührt hatte, und Myrtenhecken und Lauben von Jasmin schnell empor.
In dieser Gegend, die ein andres Pafos schien,
richteten die Arkadier den Grazien einen Altar
auf. Freude und Eintracht und Liebe und

Unschuld herrschten unter diesen Glücklichen,
so lange sie sich des Schutzes der Liebenswürdigsten unter den Unsterblichen würdig
erhielten; und so oft die Rosen blühten, wurde
das Fest der Grazien gefeiert.

DIE GRAZIEN.

FÜNFTES BUCH.

FÜNFTES BUCH.

Ohne den Beystand der Charitinnen ist die Schönheit was **Pygmalions** idealisches Bild war, eh' es zu athmen und zu empfinden anfing. Alles was sie für sich allein thun kann, ist, den Wunsch sie beseelt zu sehen einzuflöſsen. Wenn man dieſs Liebe nennen will, so mag es immer Liebe seyn. Aber was ist dieſs gegen jene unbeschreibliche Süſsigkeit, womit die **Grazie** sich in die Herzen hinein schmeichelt, gegen jene geistigen, unauflöslichen Fesseln, mit denen sie die Seelen an sich zieht, jenen unbegreiflichen Zauber, dessen Quelle und seltsame Wirkungen der reitzend schwärmende **Petrarka** aus seiner Erfahrung so unübertrefflich besungen hat?

War es etwa die körperliche Schönheit seiner geliebten **Feindin**, (wie er seine

Laura zu nennen pflegt) oder waren es
nicht [1])

diese Augen, aus denen Amor Süfsigkeit und
Anmuth ohne Mafs zu regnen schien; — war
es nicht dieses Lächeln, welches einen Wilden
hätte in Liebe zerschmelzen können, — aus
welchem eine selige Ruhe, die keinem Schmerze
Raum liefs, derjenigen ähnlich, die man im

[1]) *Tanto negli occhi bei fuor di misura*
    Par ch' Amore e dolcezza e grazia piova.
                            Son. 121.

    Riso da far inamorar un uom selvaggio.
                            Son. 207.

    Pace tranquilla senz' alcuno affanno,
    Simile a quella, ch' è nel Ciel eterna,
    Muove dal lor inamorato riso.
                            Canz. 20.

    Quel vago impallidir, che'l dolce riso
    D'un amorosa nebbia ricoperse.
                            Son. 98.

    Non era l'andar suo cosa mortale,
    Ma d'angelica forma, e le parole
    Suonavan altro, che pur voce umana.
                            Son. 69.

    Leggiadria singolare e pellegrina.
                            Son. 178.

Himmel genießt, in die Seele herab stieg; —
dieses reitzende Erblassen, welches (beym Anblick seiner Qual) ihr süßes Lächeln mit einer
verliebten Wolke bedeckte; — dieser Gang, nicht
der Gang einer Sterblichen, sondern eines himm-
lischen Wesens, und diese Worte, in deren Klang
eine mehr als menschliche Lieblichkeit war, —
mit Einem Worte, war es nicht diese (in dem
süßen Irrthum eines Verliebten) ihr allein eigene
und sonst nie gesehene Anmuth,

was die schöne Seele dieses Platons der
Dichter in einen so außerordentlichen, so
ekstatischen Zustand setzte, daß er Dinge fühlte
und fantasierte und sang und that, die, vor
ihm, in kein menschliches Herz gekommen
waren, und, nach ihm, nur der kleinen Zähl
empfindungsvoller Seelen, die jemahls etwas
ähnliches erfahren haben, verständlich seyn
können? 2)

Sie kennen die Lieder dieses liebenswürdigen Schwärmers zu gut, schöne Danae, daß
Ihnen nicht zwanzig andere Stellen beyfallen
sollten, welche dieses bestätigen. Es ist wahr,
er spricht an mehr als Einem Orte von der

---

2) Beweise hiervon finden sich vornehmlich in
den Canzonen 18, 19, 20, 27, 30, 31, 35, und in den
Sonetten 84, 123, 134, 142, 143.

körperlichen Schönheit seiner Geliebten mit genugsamer Empfindung, um das Lächerliche einer blofs intellektualen Leidenschaft zu vermeiden. Aber nur die Schönheit ihrer Seele, und die Grazien, die diese über alles was sie sagt und thut ausgiefst, sind (wie er sich ausdrückt) die Zauberer, die ihn verwandelt haben. 5)

Die Mutter der Liebe und der Grazien, Sie, in welcher die Griechischen Musen den höchsten Begriff der Schönheit zu verkörpern gesucht haben, läfst sich zwar nicht ohne eigenthümlichen Reitz denken: aber es ist dieser hohe Reitz, der (wie unser Winkelmann sagt) mehr mit den Augen des Verstandes unmittelbar erblickt, als durch Hülfe der Sinne empfunden werden kann.

„Wissen Sie auch, mein Herr, dafs Sie und Ihr Winkelmann wirklich ein wenig schwärmen, um nicht ein härteres Wort zu gebrauchen? — Ein Reitz, der an einer körperlichen Gestalt — idealisch oder nicht — mit dem Verstande unmittelbar erblickt werden soll, welch eine Forde-

---

5) *Grazie ch' a pochi il Ciel destina, etc.*
  Da questi Magi transformato fui.
  Son. 178.

rung! Und wie sollen wir uns überreden lassen, Ihnen ein solches Anschauungsvermögen
zuzugestehen, mit dessen Hülfe Sie in jedem
Gegenstande sehen könnten was Sie wollten,
ohne dafs uns andern Sterblichen erlaubt wäre,
mit Beyhülfe der Augen unsers Leibes zu untersuchen, ob die Augen Ihres Verstandes recht
gesehen hätten?"

Soll ich Ihnen die Wahrheit gestehen,
Danae? Ich besorge selbst Sie haben Recht.
Aber es giebt Augenblicke, wo ich diese hohe
unkörperliche Grazie (welche, wenn
ich nicht irre, Winkelmann zuerst von
den Grazien im gewöhnlichen Verstande unter-
schieden hat) wirklich zu empfinden glaube.
Diese Empfindung ist so fein, so geistig, dafs
sie mich vielleicht betrügen könnte: aber ich
kann doch, alles wohl überlegt, selbst dem be-
scheidenen Geiste des Zweifels, den ich aus
der Sokratischen Schule geerbt habe, nicht so
viel einräumen, dafs ich seinen Bedenklichkeiten die Gewifsheit meiner Empfindung aufop-
fern sollte.

Doch dem mag seyn wie Sie wollen; diefs
wenigstens geben alle, von denen wir unsre
Nachrichten aus der Götterwelt empfangen, zu,
dafs Venus die Grazien von dem Augenblicke an, da Amor sie nach Pafos brachte, zu

ihren vertrautesten und unzertrennlichsten Be-
gleiterinnen gemacht habe.   Nicht aus einem
geheimen Mifstrauen in sich selbst, (erlauben
Sie mir, Danae, auf einen Augenblick diesen
Rückfall in meine Grille) sondern um sich zu
der Fähigkeit sinnlicher Wesen herab zu lassen,
bediente sie sich der Hülfe der Grazien, wenn
sie sterblichen Augen sichtbar werden wollte.
Von den Grazien gebadet, und mit Ambrosia
gesalbt und ausgeschmückt, und mit dem berühmten Gürtel umgeben, in welchen von den
Händen ihrer lieblichen Töchter jeder anzie-
hende Reitz, und zärtliches Verlangen, und das
süfse Liebkosen, das den Weisen selbst das
Herz nimmt, 4) eingewebt war, ging sie, sich
dem Urtheil des Paris auf Ida auszustellen,
ihres Sieges über die Schönsten unter den Göttinnen gewifs; — und an die Grazien ange-
lehnt stand sie, als A d o n i s zum ersten Mahl
in den reitzenden Gebüschen sie erblickte,
welche in spätern Zeiten untěr dem Nahmen
D a f n e den Göttern der Freude und den Musen gewidmet wurden.

> Unwiderstehlich schön stand sie in Rosenschatten
> An ihre Grazien gelehnt,
> Und, Lilien gleich, die sich mit Veilchen gatten,
> Durch sanftern Reitz verschönt.

4) *Iliad. XIV.* 215, 16, 17.

Er blieb, in himmlischer Wonne verloren,

Schwebend, sprachlos, halb vergöttert stehn;

Denn seitdem das Meer die Lust der Welt

geboren,

Hatte noch kein Gott so reitzend sie gesehn.

Auch in den Olympus begleiteten die Grazien ihre Mutter, und nun konnte kein Götterfest ohne ihre Gegenwart mehr vollkommen seyn. 5) Die Götter selbst, deren Sitten uns Homer nicht immer so fein und poliert vorstellt als man von Göttern billig erwarten sollte, änderten sich durch den geheimen Einfluſs der Charitinnen gar sehr zu ihrem Vortheile. Sie brachen nicht mehr in ein unauslöschliches Gelächter aus, wenn der ehrliche hinkende Vulkan, um einem Hader zwischen seinem Vater und seiner Mutter ein Ende zu machen, mit wohl gemeinter, wiewohl possierlicher Geschäftigkeit die Stelle des Mundschenken vertrat; 6) und Jupiter drohte seiner Gemahlin nicht mehr, daſs er ihr Schläge geben, 7) oder sie, mit einem Amboſs an jedem Fuſse, zwi

5) *Pindar. Olymp. XIV.*

6) *Iliad. I.* 599.

7) *Iliad. I.* 567. *XV.* 17.

schen den Wolken aufhängen wollte. 8) Juno
wurde die angenehmste Frau, Jupiter der
gefälligste Ehemann, und die Götter überhaupt
die beste Gesellschaft von der Welt.

Minerva, welche sonst die Filosofin machte,
Und, wenn die ganze unsterbliche Schaar
Bis auf den Momus selbst bey guter Laune war,
In einem Winkel safs und Hypothesen erdachte,
Liefs itzt zuweilen doch der hohen Stirne Ruh,
Und sah dem Tanz der Musen und Grazien zu.
Die alte Vesta sogar, die (wie Homer erzählet)
Den edeln Jungfernstand
Zu ihrem Theil erwählet,
Und sonst an jedem Spiel viel ärgerliches fand,
Soll mit den Grazien, und mit Amorn und dem
Knaben
Den Jupiter Sokratisch liebt und küfst,
Oft blinde Kuh gespielet haben;
Ein Spiel, das in der That die Unschuld selber
ist.

Die Grazien sind lauter Gefälligkeit.   Sollten sie nicht, um die Stirne der guten alten

8) *Iliad. XV.* 18—21.

Vesta zu entrunzeln, sich auch zu Kinderspielen herunter lassen?

Die Sympathie, welche zwischen liebenswürdigen Wesen eine Freundschaft stiftet, die in ihrem ersten Augenblick alle Stärke eines reifen Alters hat, machte aus den Musen, den Töchtern Jupiters und der Harmonie, und aus den Grazien die vertraulichsten Gespielen. Die ersten konnten nicht anders als unendlich viel dabey gewinnen; ihre Ernsthaftigkeit hatte es wohl vonnöthen, durch die Anmuth der letztern gemildert zu werden.

Die Gesänge, welche sie ihren Günstlingen eingaben, hatten nun nicht blofs erhabene und die menschliche Schwachheit übersteigende Gegenstände, die Vermählung des Chaos mit der alten Nacht, den Ursprung der Götter und der Welt, und die Wanderungen der Seele, zum Gegenstande: sie hielten es nun für ein edles, und wohlthätigen Gottheiten sehr anständiges Geschäft, auch die Freuden der Sterblichen zu verschönern.

Nicht den Orfeen nur, nicht nur den Amfionen,
Auch den Sappho's und Anakreonen
Hauchten sie, bey Lieb' und süfsem Wein,
Unter Rosen sanfte Lieder ein.

Wenn zwischen jungen Dirnen,

Aus denen Freude glänzt,

Die heiterste der Stirnen

Mit Myrt' und Ros' umkränzt,

Der alte T e j e r scherzt' und lachte,

Und fröhlich, wie Silen, 9) die Jugend neidisch

machte:

Waren's oft die Grazien und Musen,

Die mit freyem Haar und offnem Busen

Hand in Hand um ihren lieben Alten

Tanzten zu der goldnen Leier Klang,

Und ihm jedes Lied mit einem Kuſs vergalten,

Das er Amorn und der Freude sang.

Selbst die M u s e d e r F i l o s o f i e lernte
den Grazien das Geheimniſs ab, zu gleicher
Zeit zu unterrichten und zu gefallen.

Aus ihrer schönen Hand

Empfingen die P l a t o n, die Humen

Und F o n t e n e l l e n die Blumen,

Womit sie den steinigen Pfad der fliehenden

Wahrheit bestreun,

9) *Anakreon, Ode* 38.

Und, wenn sie erbitten sich läfst den Sterblichen
sichtbar zu seyn,

Das leicht gewebte Gewand,

Das unsrer Augen schont, und unter schlauer
Zierde

Nur das versteckt, was uns verblenden würde.

Vorzüglich waren die Grazien die Schutz-
göttinnen der Sokratischen Schule.
Schon in der ersten Blume seiner Jugend von
ihnen begeistert, versuchte es Sokrates sie
in Marmor zu bilden; und dafs es ihm
gelungen sey, läfst sich daher vermuthen,
weil die Athener dieses einzige Werk seiner
Kunst würdig fanden, ihm in dem Vorhof
ihrer Burg einen Platz unter Meisterstücken
zu geben. Speusippus, Platons Nach-
folger, stellte die Grazien in dem Hörsahle
auf, wo sie aus dem Munde seines Meisters
gesprochen hatten. Und welchem Sterblichen
sind sie jemahls günstiger gewesen als dem
liebenswürdigen Xenofon? ihm, der die
wahren Züge der sittlichen Grazie in seinen Werken so vollkommen ausgedrückt, und
in seinen Gedanken und Empfindungen,
wie in seiner Schreibart, Wahrheit, Einfalt, und ungeschminkte Anmuth so unver-
besserlich vereiniget hat?

Den Grazien opferte bey den Griechen, wer gefallen wollte; und es war eine Zeit zu Athen, wo der Staatsmann und der Feldherr ihren Beystand eben so nöthig hatten, als der geringste mechanische Künstler. Die Zauberey der Grazie, die über alles, was Alcibiades that. und sagte, ausgegossen war, gab seinen Fehlern selbst einen Reitz, der andrer Tugenden verdunkelte. Sollten wir uns wundern, daſs durch ihren Einfluſs eine Aspasia fähig wurde, Griechenland im Perikles zu beherrschen, und im Sokrates zu unterrichten? — Und wie liebenswürdig müſsten wir uns (wenn eine strengere Sittenlehre über diesen Punkt uns gerecht zu seyn erlaubte) diejenigen unter den Schönen des Sokratischen Jahrhunderts vorstellen, welche in einem besondern Verstande als Priesterinnen der Grazien angesehen wurden?

Nur den Frynen, den Glyceren
Und Laiden konnt' es zugehören,
Euren Orgien [10)
Würdig vorzustehn;

10) Die Grazien hatten zu Athen eine Art von geheimem festlichem Gottesdienste, welcher die

Ihnen, die zu Amors Künsten allen
Das Geheimniſs, selbst den Weisen zu
gefallen,
Euch in Pafos abgesehn.

O Danae, welch ein Jahrhundert war diese
in den Jahrbüchern der Menschheit ewig
unvergeſsliche Zeit von Perikles zu Ale-
xandern! diese Zeit, von der man mehr
als von irgend einer andern sagen kann, daſs
sie unter der Herrschaft der Grazien gestan-
den habe!

Da Filosôfen, Künstler, Dichter,
Archonten, Priesterinnen, 11) Richter, 12)
Die Macht der Grazien empfanden,

Orgien der Charitinnen genannt wurde.   *Pausa-
nias in Boeotic.*

11, 12) Anspielungen auf die Priesterin, welche
sich weigerte, dem Alcibiades zu fluchen, (S. Plutarch
im Leben des Alcib.) und auf die Richter der schönen
Fryne. Der Kunstgriff, dessen sich ihr Vertheidiger,
Hyperides, bediente, ist zu bekannt, hier angeführt
zu werden.

Die Majestät im Fidias,
Den Reitz im Kalamis verstanden, 13)
Geschmack mit jeder Lust verbanden,
Und Lust an allem Schönen fanden;
Da Plato denken, Hippias
Gefallen, Lais fühlen lehrte;
Da, wer kein Sklave war, die Kunst der
          Musen ehrte,
Der Filosof mit kritischem Gefühl
Eufranorn mahlen sah, Damone singen
          hörte,
Und zwischen Scherz und Saitenspiel
Das Alter Munterkeit, die Jugend Weisheit
          lehrte; 14)
Zevs-Perikles 15) mit gleicher Leich-
          tigkeit

13) Anspielung auf die Pallas des erstern, und
auf die Sosandra des letztern, wovon Lucian
in dem Ideal einer vollkommnen Schönheit
nachzusehen ist.

14) S. Xenofons Gastmahl.

15) Perikles wurde von den komischen Dichtern seiner Zeit häufig unter dem Nahmen Jupiters, mit Beyfügung eines spöttischen Beyworts, sati-
risiert.

Von Arbeit zu Ergetzlichkeit
Und von Aspasien ins Prytaneon 16)
kehrte,
(Denn alles Ding hat seine Zeit)
Und Alcibiades, wiewohl Gelegenheit
Ihn dann und wann zur Schelmerey verführte,
Im Rath Ulyſs, Achilles in Gefahr,
Und Paris nur bey freyen Schönen war,
Und, ob er Amorn gleich in seinem Schilde
führte,
Die Feinde schlug wie sichs gebührte.

O goldne Zeit, da noch sich schwesterlich
umfaſst
Die Grazien und Musen hielten;
Da Helden noch die sanfte Lyra spielten,
Da Helden noch den Werth des Sängers
fühlten
Durch den Achilles lebt; da zwischen
Theofrast
Und Glycera sich ein Menander
bildte;
Da noch kein blöder Wahn vor einem
Alkamen

16) Das Rathhaus zu Athen.

Und Zeuxis die Natur verhüllte;
Da, ohne Neid, Apelles, Protogen,
Freundschaftlich sich den Vorzug streitig
          machten,
Und, willig sein Verdienst dem andern zu
          gestehn,
Nur auf den Ruhm der Kunst bey ihrem
          Wettstreit dachten;
Und Jener, dem die Grazien
Zuerst aus allen Sterblichen
Am blumigen Cefisen
Sich ohne Gürtel wiesen,
Auf dessen Werke sie den Reitz, der nie
          verblüht,
Mit ihren süfsen Lippen hauchten,
In Amors Flamme selbst ihm diesen Pinsel
          tauchten,
Durch den Cythere sich der Flut entstei-
          gen sieht,
Es wagen durfte, die Gunst der Grazien
          laut zu bekennen,
Und ihren Mahler sich zu nennen.

Nur mit flüchtigen Zügen, schöne Danae —
denn die Grazien hassen ein mühsames nach
der Lampe riechendes Werk — hab' ich Ihnen

den Einfluſs dieser liebenswürdigen Gottheiten auf Wissenschaften, Künste und Sitten entworfen. Aber noch weiter erstreckt sich ihre Macht. Nicht nur das grenzenlose Reich der Einbildungskraft, nicht nur das ganze Gebiet der Freude, — die Tugend selbst steht unter ihrer Herrschaft. Die Epaminondas und die Scipionen opferten ihnen nicht weniger, als die Menander und Aristippe. Auch den Handlungen, dem Karakter und dem Leben eines weisen und guten Mannes, — welches (wie Sokrates zu sagen pflegte) gleich einem vollkommnen Gemählde ein schönes Ganzes seyn muſs — müssen die Grazien dieses Ansehen von zwangloser Leichtigkeit, diesen Glanz der Vollendung geben, der sie mehr zu Geschenken der Natur als zu Werken der Kunst zu machen scheint.

Diese Grazie war es, die der Tugend des Kato von Utika fehlte; und bloſs die Abwesenheit derselben ist, was so vielen andern vermeinten Tugenden ein widriges, die Herzen zurück stoſsendes Ansehen giebt. Nur unter den Händen der Grazien verliert die Weisheit und die Tugend der Sterblichen das Übertriebene und Aufgedunsene, das Herbe, Steife, und Eckige, welches eben so viele Fehler sind, wodurch sie, nach dem

moralischen Schönheitsmaſs der Weisen, auf-
hört Weisheit und Tugend zu seyn.

Dieſs war es, was Musarion ihren Schüler lehren wollte; und sagen Sie mir, Danae,
wie war es möglich, sie nicht zu verstehen?

DIE GRAZIEN.

SECHSTES BUCH.

Wie sehr man bey Ihnen auf seiner Hut seyn
muſs, Danae! — Ich dachte nicht, daſs Sie
Sich eines Ausdrucks wieder erinnern sollten,
der mir, ich weiſs nicht wie, entschlüpft
war; und nun glauben Sie sogar, ein Recht
zu haben, mich, wie Sie sagen, zu Erfül-
lung meines Versprechens anzuhalten. — War
es denn wirklich ein Versprechen? Ich sagte,
vielleicht würd' ich Ihnen in der Folge
von den Grazien Geheimnisse verrathen;
und ohne für mein Vielleicht die mindeste
Achtung zu haben, bestehen Sie darauf, daſs
ich Ihre Neugierde gereitzt hätte. Es wäre
sehr unhöflich, gefällt es Ihnen zu sagen, die
Neugier eines Frauenzimmers rege zu machen,

wenn man nicht gesonnen sey, oder sich nicht im Stande wisse, sie zu befriedigen.

In der That ist diefs ein Grund, gegen den ich nicht sehe was man einwenden könnte. Ich kann nicht daran denken solche Vorwürfe von Ihnen zu verdienen: Sie sollen befriediget werden.

Göttinnen, in denen der höchste Grad des Reitzes mit der ersten Blüthe einer ewigen Jugend gepaart ist, die unter lauter Freuden, Scherzen und Liebesgöttern leben, und ihrer Natur nach lauter Gefälligkeit sind, — mit Einem Worte, die Grazien, wie sollten sie immer ohne kleine Anekdoten geblieben seyn? Töchter des frohen Bacchus und der zärtlichen Cythere, müfsten sie ganz aus der Art geschlagen seyn, wenn sie unempfindlich gegen die Liebe seyn könnten, die sie einflöfsen; und unter so vielen Göttern, Halbgöttern und Sterblichen, von denen sie jemahls geliebt wurden, sollten wohl alle, Alle, nicht Einen ausgenommen, nur Platonische Liebhaber gewesen seyn? — Es ist nicht wahrscheinlich!

Gleichwohl habe ich die gemeine Meinung und das Zeugnifs einer unendlichen Menge von Schriftstellern für mich, wenn ich

Ihnen versichre, daſs die Grazien — die un-
schuldigsten unter allen Göttinnen sind.

Es ist wahr, der jungfräuliche Stand, der
ihnen gewöhnlich beygelegt wird, ist für sich
allein nicht hinlänglich, sie gegen schalkhafte
Vermuthungen völlig sicher zu stellen. Auch
M i n e r v a hatte ihr Abenteuer mit dem hin-
kenden V u l k a n; L u n a das ihrige mit dem
schönen E n d y m i o n; die schöne I o, K a l-
l i s t o, E u r o p a und zwanzig andre die ihrigen, die den reitzenden Stoff der Mahler und
Dichter vermehren. Und erzählt uns nicht
O v i d, wie wenig es gefehlt hätte, daſs sogar
die ehrwürdige V e s t a von dem gefährlichsten Liebhaber, den eine Spröde haben kann,
überrascht worden wäre? [1]) Überdieſs find'
ich nirgends, daſs uns die geheimen Geschicht-
schreiber der Götter eine hinlängliche Nachricht geben, woher alle die kleinen A m o-
r e t t e n kommen, die in den Hainen von
Pafos und Gnidos und Cythere, in gröſserer
Anzahl als die Schmetterlinge in einem warmen Sommer, herum flattern. Der einzige

─────

1) *Fastor. VI. Est multi fabula plena joci*, sagt
er; und zu seiner Ehre müssen wir gestehen, daſs er
sie den Grazien selbst nicht anständiger hätte erzählen
können.

Klaudian (wenn ich nicht irre) begnügt
sich, ihnen überhaupt die Nymfen zu Müttern zu geben. 2) Sehen Sie, Danae, ob dieses genug ist, die Grazien frey zu sprechen, — wenn man anders Ursache haben
könnte zu erröthen, so lieblichen kleinen
Göttern als die Amoretten sind, das Daseyn
gegeben zu haben.   Doch, ich will Ihnen ohne
Umschweife gestehen, was man sich am Hofe
der Liebesgöttin in die Ohren geflüstert hat.

Erinnern Sie Sich des reitzenden Genius,

> — Halb Faun, halb Liebesgott,
> Der flatterhaft um alle Blumen scherzet,
> Um alle buhlt, doch nur die schönsten herzet,
> Und, daſs sein kleines Horn die Nymfen
> nicht erschreckt,
> Es unter Rosen schlau versteckt.

Ein Dichter, den Sie kennen, mahlte
Hamiltons Geist unter diesem Bilde ab:

2) *Mille pharetrati ludunt in margine fratres,*
Ore pares, aevo similes, gens mollis Amorum.
Hos Nymphae pariunt —
   De Nupt. Honorii et Mariae, v. 72.

aber dieses Bild ist kein Geschöpf der Fantasie, wie Sie vielleicht dachten; wirklich findet sich unter den Pafischen Göttern einer, der das Urbild davon war.

Unter den jungen Faunen, welche die Spielgesellen der Amoretten sind, war einer,

Der schönste kleine Faun!
Der je, statt an der Brust, am Nektarschlauch
gesogen!
Ihm fehlten nur Flügel und Bogen,
So glaubtet ihr, Amorn zu schaun.
An einem Rosenzaun
Ward einst um ihn ein Nymfchen vom Schlafe
betrogen;
Denn auch dem Schlaf ist nicht zu trau'n!

Dem schönen kleinen Faun
War alle Welt und Venus selbst gewogen;
Gefällig erzogen die Nymfen zu Gnid
Den holden Fündling auf; er hüpfte, scherzt'
und lachte
Mit andern Amorn herum, und keine Seele
dachte,

Daß Art noch nie von Art sich schied.

Thalia selbst, der Grazien munterste, machte

Sich eine Freude daraus, so lang' er Knabe

noch war,

Den schönen jungen Wilden

Zum Amor umzubilden,

Sein kleines Horn zu vergülden,

Und Rosen zu flechten ins lockige Haar.

Wer hätte dem kleinen Faun zugetraut,
daß er fähig wäre, so viele Liebe mit —
einer Art von Gegenliebe zu erwiedern, welche,
die Wahrheit zu sagen, der Natur eines Fauns
so gemäß war, daß man sich vielmehr wundern sollte, wie man ihm weniger zutrauen
konnte?

Ich weiß nicht, wie es kam; Göttinnen
haben in gewissen Dingen besondre Vorrechte;
man wurde nichts davon gewahr; — aber, ein
allerliebstes kleines Geschöpf, in dessen Gestalt
und Zügen ein seltsames Gemische von Leichtfertigkeit und Anmuth seinen zweydeutigen
Ursprung verrieth, kam auf einmahl in den
Hainen zu Gnid zum Vorschein. Mit süßer
Bestürzung fand es Pasithea, da sie einst
in einer Sommerlaube eingeschlafen war, beym
Erwachen,

So zärtlich und bekannt,
Als wären sie verwandt,
Auf ihrem Busen spielen,
Und mit der kleinen runden Hand
In seinen Rosen wühlen.

Efeugleiches krauses Haar umkränzte
Seine breite Stirn', im schwarzen Auge glänzte
Süßer Trotz; die Mutter that der Mund,
Um und um von Reitz umflossen,
Hörnerchen, die aus den Locken sprossen,
Und der kühne Blick den Vater kund.

Mit tausend reitzenden Grimassen
Stahl ins Herz der kleine Gott sich ein,
Und schien ganz ausgelassen
Vor Freude, da zu seyn.

Der schöne Faun und ihre Schwester
Thalia waren der erste Gedanke, den Pasithea hatte, da sie das kleine Mittelding von
Faun und Grazie betrachtete. Sie eilte damit
ihren Schwestern zu. Aber keine wollte wissen, woher er gekommen seyn könnte. Und
doch, sagte Thalia lächelnd, sieht er so sehr
in unser Geschlecht, daß man wetten sollte,

eine von uns müfst' ihm näher verwandt seyn
als sie gestehen will.

Ein scherzhafter Streit erhob sich darüber
unter den Grazien; eine schob ihn immer der
andern zu, und machte gewisse Züge ausfün-
dig, worin sie die eine oder die andre Schwester erkennen wollte.   Ihr Lachen zog eine
Menge von Amoretten und Nymfen herbey,
die an dem kleinen Lustspiel Theile nahmen.
Alle fanden den kleinen Gott unendlich liebenswürdig, aber keine wollte sich zu ihm
bekennen.   Sein Ursprung blieb eines von
diesen Geheimnissen, die jedermann weifs,
und niemand zu wissen scheint.

> Die Zärtlichkeit, womit, da sie allein sich
> hielt,
> Thalia den kleinen Faun, der kindlich nach
> ihr blickte,
> An ihren Busen drückte,
> Verrieth sie einer Najade,
> Die an des Cefeus Gestade
> Zwischen den Binsen hervor geschielt.

Wollen Sie wissen, Danae, was aus diesem
kleinen *Impromtu* der artigsten unter den
Grazien geworden ist? Er wurde der Genius

der Sokratischen Ironie, der Horazi-
schen Satire, des Lucianischen
Spottes.

Er lehrte Fänaretens Sohn 3)
Die Kunst, durch lauerndes Verstellen,
Der Narren, die vor Weisheit schwellen,
Der Gorgiassen, Stolz zu fällen;
Und dich, Horaz, den eleganten Ton,
Die Narren Roms, die Natta's, die
Metellen,
Die Kacius und Kupiennius,
Und zwanzig andre Narren in us
So fein zum Gegenstand von unserm Spott
zu machen,
Daſs selbst der Thor, indem wir ihn belachen,
Gern oder nicht uns lachen helfen muſs.

Den schönen Geistern neuer Zeiten
Scheint er nicht minder hold zu seyn.
Er gab den Lockenraub, den frommen
Verdverd ein,
Lieſs Mancha's Helden kühn mit Klap-
permühlen streiten,

3) Die Mutter des Sokrates hieſs Fänarete.

Den schönen Fakardin an Kristallinens
Seiten,
Ein Spinnrad in der Hand, im Schlafrock,
unversehrt
Durch funfzig Mohrensäbel schreiten,
Und meinen lieben Stern' auf seinem Stek-
kenpferd —
Poor Yorick! — sich zu Tode reiten.

Doch, Sie erwarten nicht, Danae, daſs ich
Ihnen ein Verzeichniſs seiner Eingebungen
aufschreibe; Sie wollen noch mehr von den
geheimen Geschichtchen der Grazien erfahren. — Allein, was könnte ich Ihnen, nach
dem was Sie bereits wissen, noch Unterhalten-
des davon sagen? Wenn sie deren noch mehr
gehabt haben, so müssen sie vermuthlich diesem ähnlich gewesen seyn.

Doch etwas hätte ich beynahe vergessen,
das Ihnen vermuthlich unerwarteter ist, als
alles andre was ich von meinen geliebten Göttinnen noch sagen könnte. Oder hätten Sie
Sich wohl vorgestellt, daſs eine von den Grazien wirklich, in ganzem Ernste, verheirathet
ist; so sehr im Ernste, daſs Juno selbst die
Ehestifterin war?

„Verheirathet?“ — Nicht anders. —
„Aber an wen?“ — O! gewiſs, Sie würden
alle möglichen Götter rathen können, und den
rechten doch verfehlen. Wenn wir nicht einen
so unverwerflichen Zeugen vor uns hätten als
Homer ist, wer würde sich einfallen lassen,
eine Grazie an — den Schlaf zu verhei-
rathen?

Doch, vielleicht stellen Sie Sich den Gott
Schlaf nicht so liebenswürdig vor, als ihn
die Griechischen Dichter und Künstler zu bilden pflegten. — Und warum sollten wir ihn
unter einem weniger lieblichen Bilde denken,
den holden Schlaf, ihn, der, eben so wohl
als die Grazien und Amor selbst, unter die
Wohlthäter des Menschengeschlechtes zu zählen ist?

Ihn, dessen magischer Duft
Ein süſses Vergessen der Sorgen
Auf unsre Stirne träuft, und uns mit jedem
Morgen
In neues Daseyn ruft;
Ihn, dessen Gunst der Mann in Purpur ge-
kleidet
Dem Mann am Pfluge, dem Sklaven beneidet;
Den holden Gott, der wenigstens bey Nacht

Des Glückes Eigensinn vergütet,

Und, wenn der Gram an goldnen Betten wacht,

Und Harpax seinen Schatz mit hohlen Augen

hütet,

Auf Stroh den Ärmsten glücklich macht?

Welcher Unglückliche findet nicht in ihm
das Ende seiner Schmerzen? Und wer ist so
sehr den Göttern gleich, um durch seinen Ver-
lust sich nicht für elend zu halten?

Schlummert nicht, von Küssen müde,

Mit gesenktem Augenliede

Amor selbst an seinem Busen ein?

Ja, es würden (glaubt's Homeren!)

Selbst die Götter in den Sfären

Ohne ihn nicht selig seyn.

Genug, der Schlaf, den Sie Sich nun
unter einem so angenehmen Bilde, als Sie
immer wollen, denken mögen,

Mit krausem, gelbem Haar,

Und schlaffen, jugendlichen Zügen,

Schön, wie der Liebesgott, wenn er von seinen

Siegen

In Psychens Armen ruht, — wie Lunens
Schläfer war,
Als er, in ihrem einsamen Vergnügen
Sie nicht zu stören, tief in süfsen Träumen lag;
Schön, wie die schönste Nacht nach einem Som-
mertag!

Er liebte Pasitheen,
Und Pasithea — zwar, sie wollte nichts gestehen,
Allein man wufste doch, sie war ihm heimlich
gut,
Wie itzo noch manch artig Mädchen thut.
Man sagt, er habe, blofs sie länger anzusehen,
Sie oft bey hellem Tag auf Rosen eingewiegt,
Und von des Anblicks Reitz besiegt,
Indem er neben ihr gesessen,
Sich und sein Amt so sehr dabey vergessen,
Dafs allgemeine Agrypnie 4)
Die Sterblichen befiel. Vergebens riefen sie
Dem süfsen Schlaf. Die Hippokraten
Erschöpften fruchtlos Kunst und Müh;
Das Übel widerstand den stärksten Opiaten.
Es griff zuletzt sogar die Götter an,
Und Zevs, der sonst doch in den Schlummer-
stunden

4) Schlaflosigkeit.

Vor Junons Aug' und Zunge Ruh' gefunden,
Fand keinen Augenblick, den Schwan
Bey unsern Leden mehr zu machen,
Und spielte nun, aus bösem Muth, den Drachen.

Kurz, die ganze Natur kam aus ihrem Geleise, und ihren Untergang zu verhüten, mußte auf ein schleuniges Mittel gedacht werden, den Gott des Schlafs wieder einzuschläfern. Man fand kein zuverlässigeres, als ihn unverzüglich mit der schönen Pasithea zu vermählen. Die Hochzeit wurde in größter Stille vollzogen. Die Grazien führten die erröthende Braut an den Eingang seiner Grotte; in wenigen Minuten schlossen sich die Augen des kleinen flegmatischen Gottes, und die ganze Natur entschlief.

Ein so schläfriger Gemahl würde, wir gestehen es, nicht viele sterbliche Schönen glücklich machen, und vielleicht der sprödesten Tugend am gefährlichsten seyn. Nur die sanfteste unter den Grazien war dazu gemacht, einen Gemahl liebenswürdig zu finden, der, wenn ihre Küsse ihn weckten, kaum so lange wachte, um sie anzusehen, und vor Vergnügen — wieder einzuschlafen.

Gleichwohl sagt man, daſs die Welt der Vermählung des Schlafs mit der jüngsten Grazie
diese süſsen Träume zu danken habe,

Wobey der keusche Sinn
Von Vesta's Priesterin,
Wenn sie zu früh erwacht,
Sich viel Gedanken macht,
Und doch aus Neubegierde —
Wie alles enden würde?
Der Wiederkunft der Nacht
Bey Tage schon entgegen gähnt,
Und sich nach ihrem Traume sehnt;

Die Träume, deren Scherzen
In einsamen Nächten die Schmerzen
Der junge Wittwe betrügt,
Und unter günstigen Schatten
Den wieder gefundenen Gatten
In ihren Armen wiegt;

Kurz, Danae, im ganzen Träumereich
Die angenehmsten Träume,
Die, jungen Amorinen gleich,
Dich unter Myrtenbäume,
Und, wenn sie Zeugen spüren,

In stille Grotten führen,

Wo Amor lachend sich versteckt;

Dann Abends dich zum Baden

In laue Brunnen laden,

Wo, wenn der Freund der fliehenden Na-

jaden,

Ein Faun, die dunkeln Büsche schreckt,

Dich Leda's Schwan mit seinen Flügeln

deckt.

KOMISCHE ERZÄHLUNGEN.

DIANA UND ENDYMION.

DAS URTHEIL DES PARIS.

AURORA UND CEFALUS.

DIANA UND ENDYMION.

EINE SCHERZHAFTE ERZÄHLUNG.

1762.

X. R.

9

DIANA UND ENDYMION.

In jener dichterischen Zeit,
Mit deren Wundern uns der Amme Freund-
     lichkeit
Durch manches Mährchen einst in süfsen
     Schlummer wiegte;
Als sorgenfreye Mäfsigkeit
Sich ohne Pflichten, ohne Streit,
Mit dem was die Natur freywillig gab, begnügte,
Kein Mädchen spann, kein Jüngling pflügte,
Und manches thunlich war, was Seneka ver-
     beut;
Eh' noch der Stände Unterscheid
Aus Brüdern Nebenbuhler machte,
Und gleifsnerische Heiligkeit
Das höchste Gut der Sterblichkeit,
Den frohen Sinn, um seine Unschuld brachte;
Und kurz, in jener goldnen Zeit,

Als Mutter Isis noch, von keinem Joch ent-
weiht,
Gesetze gab wodurch sie glücklich machte,
Die Welt noch kindisch war, und alles scherzt'
und lachte:
In dieser Zeit lebt' einst auf Latmos Höh'n
Ein junger Hirt, wie Ganymedes schön,
Schön wie Narcifs, doch nicht so spröde,
Wie Ganymed, allein nicht halb so blöde.

So bald man weifs, Endymion
War schön und jung, so denkt ein jedes schon
Dafs ihn die Mädchen gerne sahen;
Zum mindsten liefen sie nicht oft vor ihm
davon,
Das läfst sich ohne Scheu bejahen.
Die Kronik sagt noch mehr, als ich
Den Musen selbst geglaubet hätte:
Sie buhlten, spricht sie, in die Wette
Um seine Gunst; sie stellten sich
Ihm wo er ging in Steg' und Wege,
Sie warfen ihm oft Blumen zu
Und flohn dann hinter ein Gehäge,
Belauschten seine Mittagsruh
Und guckten ob er sich nicht rege.
Man sagt, dafs er im Bad sogar

Nicht immer ohne Zeugen war;
Allein, wer kann so was beweisen?
Genug, der Tag begann die Stirne kaum zu
weisen,
So wurde schon von mancher schönen Hand
Der Blumenflur ihr schönster Schmuck ent-
wandt;
So putzte schon, dem Schäfer zu gefallen,
Im Hain, am Bache, sich der Nymfen ganze
Schaar;
Die badet sich, die flicht ihr blondes Haar,
Die läfst es frey um weifse Schultern wallen.

Herab gebückt auf flüssige Krystallen
Belächelt sich die schöne Damalis.
Wie vieles macht des Sieges sie gewifs!
Ein Mund, der Küssen winkt, ein Lilienhals
und Nacken,
Der Augen feuchter Glanz, die Grübchen in
den Backen,
Ein runder Arm, und o! der Thron der Lust,
Die blendende, kaum aufgeblühte Brust!
Mit Einem Wort, nichts zeigt sich ihren
Blicken,
Das nicht verdient selbst Götter zu berücken:
Sie sieht's und denkt, ob Leda ihrem Schwan

Mehr Reitzungen gewiesen haben kann?
Und zittert doch und wünscht: O fände mich
Endymion nur halb so schön als ich!

Die Schönheit wird mit Wunder angeblickt,
Doch nur Gefälligkeit entzückt.
War Juno nicht, war nicht Minerva schön,
Als Zevs den Paris ausersehn,
Den Streit der Schönheit zu entscheiden?
Man weifs, sie liefsen sich, um bösen Schein
              zu meiden,
Dem Richter ohne Röcke sehn.
Sehr lange liefs der Hirt von einem Reitz zum
              andern
Die ungewissen Blicke wandern,
Und zehnmahl rief ein neuer Blick
Den schon gefafsten Schlufs zurück.
Untadelig ist alles was sie zeigen;
Beysammen sind sie gleich, allein
Scheint jede reitzender zu seyn:
Was wird zuletzt des Schäfers Urtheil neigen?
Der Juno Majestät? der Pallas Wärde? —
              Nein!
Die flöfsen nichts als Ehrfurcht ein;
Ein stärk'rer Reitz wird hier den Ausschlag
              geben müssen.

Sie, die so zaubrisch lächeln kann,
Cythere lacht ihn an — er fällt zu ihren
 Füßen,
Und beut der Lächelnden den goldnen Apfel an.

 Gefälligkeit raubt unserm Schäfer oft
Die Gunst, worauf umsonst die stolze Schön-
 heit hofft.
Die blasse Schaar der halb verwelkten Wangen
Erwirbt durch zärtliches Bemühn,
Durch Blicke die an seinen Blicken hangen,
Und süßen Scherz manch kleines Recht an ihn.
Wie eifern sie, ihm liebzukosen!
Die schmückt sein Lamm, die kränzt ihm Hut
 und Stab;
Der Lenz ward arm an Blüth' und Rosen,
Sie pflückten ganze Haine ab;
Sie wachten, daß ihn nichts in seinem Schlum-
 mer störte,
Sie pflanzten Lauben hin wo er zu weiden pflag;
Und weil er gerne singen hörte,
So sangen sie den ganzen Tag.

 Des Tages Lust schließt bis zum Sternen-
 glanz
Manch muntres Spiel, und mancher bunte
 Tanz;

Und trennt zuletzt die Nacht den frohen
                    Reih'n,
So schläft er sanft auf Rosenbetten ein.
Die Nymfen zwingt der keuschen Göttin
                    Schein
Sich allgemach hinweg zu stehlen;
Sie zögern zwar, doch muſs es endlich seyn.
Sie geben ihm die Hand, die angenehmen
                    Seelen,
Und wünschen ihm wohl zehnmahl gute
                    Nacht;
Doch weil der Schlaf sich oft erwarten macht,
Bleibt Eine stets zurück, ihm Mährchen zu
                    erzählen.

An Böses wurde nie von einem Theil
                    gedacht.
Der Schäfer war vergnügt, das Nymfenvolk
                    nicht minder;
In Unschuld lebten sie beysammen wie die
                    Kinder,
Zu manchem Spiel, wobey man selten weint,
Den ganzen Tag, oft auch bey Nacht, vereint;
Und träumten (zum Beweis, daſs alles Un-
                    schuld war)
Nichts weniger als von Gefahr.

Der Nymfen schöne Königin
Erfuhr — man weiſs nicht wie — vielleicht
            von einem Faun
Der sie beschlich — vielleicht auch, im Ver-
            trau'n,
Von einer alten Schäferin,
(Der, weil sie selbst nicht mehr gefiel,
Der Jugend eitles Thun mifsfiel)
Kurz, sie erfuhr das ganze Schäferspiel.

Man kennt den strengen Sinn
Der schönen Jägerin,
Die in der Götterschaar
Die gröſste Spröde war.
Kein Sterblicher, kein Gott vermochte sie zu
            rühren.
Was sonst die Sprödesten vergnügt,
Sogar der Stolz, selbst unbesiegt
Die Herzen im Triumf zu führen,
War ihrem gröfsern Stolz zu klein.
Sie zürnte schon nur angesehn zu seyn.
Blofs, weil er sie vom Wirbel bis zur Nase
Im Bad erblickt, ward — Akton einst —
            ein Hase. ¹)

¹) Anspielung auf eine Stelle in Fieldings Tom
Jones.

Diefs Beyspiel flöfste selbst dem Satyr Ehrfurcht
  ein.
Ihr schien ein Blick sie schon zu dreiste
  anzufühlen;
Kein Zefyr wagt' es sie zu kühlen,
Und keine Blume schmückt' ihr Haar,
Die einst, wie Hyacinth, ein schöner Knabe
  war;
Von Liebe nur im Schlaf zu sprechen
Hiefs bey Dianen schon ein strafbares Ver-
  brechen:
Kurz, Männerhafs und Sprödigkeit
Trieb selbst Minerva nicht so weit.

Man rathet leicht, in welche Wuth
Der Nymfen Fall sie setzen mufste!
Es tobt' ihr jungfräuliches Blut
Dafs sie sich kaum zu fassen wufste.
So zornig sahn die guten Kinder sie
In einem andern Falle nie.
Kallisto liefs sich doch von einem Gott
  besiegen;
Das milderte die Schnödigkeit der That:
Doch einem Hirten unterliegen,
Wahrhaftig! diefs war Hochverrath.

Ein fliegender Befehl citiert aus allen Hainen
Das Nymfenvolk persönlich zu erscheinen.
Sie schleichen allgemach herbey,
Und keine läuft dafs sie die erste sey.

Die Göttin steht an ihren Spiefs gelehnt,
Und sieht, mit einem Blick der ihren Kummer
            höhnt,
Im ganzen Kreise nichts als feuerrothe Wangen,
Und Augen die zur Erde niederhangen.
Hofft (spricht sie) nicht, durch Läugnen zu
            entgehn,
Man wird euch bald die Zunge lösen können;
Und werdet ihr nicht gütlich eingestehn,
So soll euch mir der Gott zu Delfi nennen.
Durch Zaudern wird die Schuld nicht gut
            gemacht:
Nur hurtig! jede von euch allen,
Die sich verging, lafs' ihren Schleier fallen!

Sie spricht's, und — ach! wer hätte das
            gedacht?
Die Göttin spricht's, und — alle Schleier
            fallen.

Man stelle sich den Lärmen vor
Den die beschämte Göttin machte,
Indeß der lose Cypripor
Auf einer Wolke saß und laut herunter lachte.
„Wie? rief sie voller Wuth empor,
(Und selbst die Wuth verschönert ihre Wangen)
Du, Wildfang, hast dieß Unheil angestellt,
Und kommst noch gar damit zu prangen?
Zwar rühmst du dich, daß alle Welt
Für ihren Sieger dich erkenne;
Daß Vater Zevs sogar, so oft es dir gefällt,
Von unerlaubten Flammen brenne,
Und bald als Drache, bald als Stier,
Bald als ein böckischer Satyr,
Und bald mit Stab und Schäfertasche
Der Nymfen Einfalt überrasche.
Doch trotze nicht zu viel auf deine Macht!
Die Siege die dir noch gelungen
Hat man dir leicht genug gemacht;
Wer selbst die Waffen streckt, wird ohne Ruhm
                        bezwungen.
Auf mich, auf mich, die deine Macht verlacht,
Auf meine Brust laß deine Pfeile zielen!
Ich fordre dich vor tausend Zeugen auf!
Sie werden sich vor halbem Lauf
In meinen feuchten Strahlen kühlen,

Und stumpf und matt um meinen Busen spielen.
Du lachst? — So laſs doch sehn, wie viel dein
            Bogen kann,
Versuch's an mir, und sieg' — und lache dann!
Doch ständ' es dir, versichert, besser an,
Du kämst, statt Köcher, Pfeil und Bogen,
Mit einem — Vogelrohr geflogen.
Latonens Kindern nur gebührt
Der edle Schmuck, der deinen Rücken ziert.
Bald hätt' ich Lust dich wehrlos heimzu-
            schicken,
Und, weil der Flug dich nur zur Schelmerey
            verführt,
Dir deine Schwingen auszupflücken.
Doch flieh nur wie du bist; laſs meinen Hain
            in Ruh,
Auf ewig flieh aus meinen Blicken,
Und flattre deinem Pafos zu!
Dort tummle dich auf Rosenbetten
Mit deinen Grazien, und spiele blinde Kuh
Mit Zefyrn und mit Amoretten!“

Diana spricht's. Mit lächelndem Gesicht
Antwortet ihr der kleine Amor — nicht:
Gelassen langt er nur, als wie von ungefähr,
Den schärfsten Pfeil aus seinem Köcher her;

Doch steckt er ihn, als hätt' er sich bedacht,
Gleich wieder ein, sieht Föben an und lacht.
Wie reitzend schminkt der Eifer deine Wangen!
(Ruft er, und thut zugleich als wollt' er sie
                    umfangen)
Ich wollte dir wie Amors Wunde sticht
Ein wenig zu versuchen geben;
Allein, bey meiner Mutter Leben!
Es braucht hier meiner Pfeile nicht.
An Spröden, die mir Hohn gesprochen,
Hat mich noch allezeit ihr eignes Herz gerochen.
Drum, Schwesterchen, (doch unter dir und
                    mir)
Was nützt der Lärm? er könnte dich gereuen.
Weit sichrer wär's, die kleine Ungebühr
Den guten Nymfen zu verzeihen.

Die Nymfen lächelten, und Amor flog davon.
Die Göttin zürnt, und rächt an ihnen
Des losen Spötters Hohn.
Unwürdige — mir mehr zu dienen,
(Spricht sie mit ernstem Angesicht)
Zur Strafe der vergefsnen Pflicht
Hat euch mein Mond zum letzten Mahl
                    geschienen.

So bald sein Wagen nur den Horizont besteigt,
Sey euch verwehrt im Hain herum zu streichen,
Bis sich des Tages Herold zeigt!
Entflieht mit schnellem Fuſs, die einen in die
Eichen,
Die übrigen zu ihren Urnen hin;
Dort liegt und schlaft, so lang' ich Luna bin!
Sie spricht's, und geht die Drachen anzuspannen,
Die ihren Silberwagen ziehn,
Und die bestraften Nymfen fliehn
Mehr traurig als bekehrt von dannen.

Der Tag zerflieſset nun
Im allgemeinen Schatten,
Und alle Wesen ruh'n
Die sich ermüdet hatten.
Es schlummert Thal und Hain,
Die Weste selbst ermatten
Von ihren Buhlereyn,
Und schlafen unter Küssen
Im Schooſse von Narcissen
Und Rosen gähnend ein.
Der junge Satyr nur
Verfolgt der Dryas Spur;
Er reckt sein langes Ohr
Bey jedem leisen Zischen

Aus dem Gesträuch hervor,
Ein Nymfchen zu erwischen,
Das in den finstern Büschen
Vielleicht den Weg verlor.
Er sucht im ganzen Hain
Mit wohl zerzausten Füfsen;
Umsonst! der Göttin Dräun
Zwang sie, sich einzuschliefsen;
Die armen Mädchen müssen
Für kürzre Nächte büfsen,
Und schlafen jetzt allein.
Dem Faun sinkt Ohr und Muth;
Er kehrt mit kühlerm Blut
Beym ersten Morgenblick
Zu seinem Schlauch zurück:
Er denkt, mich zu erhenken,
Da müfst' ich albern seyn;
Ich will die Liebespein
In süfsem Most ertränken!

Indessen schwebt der Göttin Wagen schon
Nah über jenem Ort, wo in des Geifsblatts
                              Schatten
Die Nymfen dir, Endymion,
Vielleicht auch sich, so sanft gebettet hatten.

Wie reitzend lag er da! — Nicht schöner lag
        Adon
An seiner Göttin Brust, die seinen Schlaf
        bewachte,
Mit liebestrunknem Blick auf ihren Liebling
        lachte,
Und still entzückt auf neue Freuden dachte;
Nicht schöner lag, durch doppelte Gewalt
Der Feerey und Schönheit überwunden,
Der wollustathmende Rinald
Von seiner Zaubrerin umwunden,
Als hier, vom Schlaf gebunden,
Endymion. — Gesteht, dafs die Gefahr
Nicht allzu klein für eine Spröde war!
Das Sicherste war hier — die Augen zuzu-
        machen.

    Sie that es nicht, und warf, jedoch nur
        obenhin
Und blinzend, einen Blick auf ihn.
Sie stutzt und hemmt den Flug der schnellen
        Drachen,
Schaut wieder hin, eröthet, bebt zurück,
Und suchet mit verschämtem Blick
Ob sie vielleicht belauschet werde:
Doch da sie ganz allein sich sieht,

X. B.   10

Lenkt sie mit ruhigerm Gemüth
Den Silberwagen sanft zur Erde;
Bückt sich, auf ihren Arm gestützt,
Mit halbem Leib heraus, und überläfst sich itzt
Dem Anschaun ganz, womit nach Platons Lehren
Sich in der andern Welt die reinen Geister
         nähren.

Ein leicht beschattendes Gewand
Erlaubt den ungewohnten Blicken
Nur allzu viel — sie zu berücken.
Man sagt sogar, sie zog mit leiser Hand
Auch dieses weg — doch wer hat zugesehen?
Was sagt man nicht? — Und wär' es auch
         geschehen,
So zog sie doch beym ersten Blick
Gewifs die Hand so schnell zurück
Als jenes Kind, das einst im Grase spielte,
Nach Blumen griff, und eine Schlange fühlte.

Indessen klopft vermischt mit banger Lust
Ein süfser Schmerz in ihrer heifsen Brust;
Ein zitterndes, wollüstiges Verlangen
Bewölkt ihr schwimmend Aug' und brennt auf
         ihren Wangen.

Wo, Göttin, bleibt dein Stolz, die harte Sprö-
              digkeit?
Dein Busen schmilzt wie Schnee in raschen
              Flammen!
Kannst du die Nymfen noch verdammen?
Was ihre Schuld verdient, ist's Tadel oder —
              Neid?

Die Neugier hat, wie Zoroaster lehrt,
Von Anbeginn der Weiber Herz bethört.
Man denkt, ein Blick, von ferne, von der Seiten,
Ein blofser Blick, hat wenig zu bedeuten.
O! glaubet mir, ihr habt schon viel gethan:
Der erste Blick zieht stets den andern an;
Das Auge wird (so sagt ein weiser Mann)
Nicht satt vom Sehn, und Lunens Beyspiel
              kann
Uns hier, wie wahr er sagte, lehren.

Der Gegenstand, der Ort, die Zeit,
Wird die Entschuldigung der Göttin machen
              müssen.
Selbst ihre Unerfahrenheit
Vermindert ihre Strafbarkeit.
So neu sie war, wie kann sie wissen,

(Wie manche wissen's nicht!) dafs man
Vom Sehn sich auch berauschen kann?
Sie schaut, und da sie so, wie aus sich selbst
          gerissen,
So unersättlich schaut, kommt sie ein Lüs-
          tern an
Den schönen Schläfer gar — zu küssen.

Zu küssen? — Ja: doch, man verstehe mich,
So züchtig so unkörperlich,
So sanft, wie junge Zefyrn küssen;
Mit dem Gedanken nur
Von einem solchen Kufs,
Wovon Ovidius
Die ungetreue Spur
Nach mehr als einer Stunde
(Laut seiner eignen Hand)
Auf seines Mädchens Munde
Und weifsen Schultern fand.

Es kostet ihr, den Wunsch sich zu gestehen.
Sie lauscht und schaut sich um. Doch allge-
          meine Ruh
Herrscht weit umher im Thal und auf den
          Höhen.

Kein Blättchen rauscht. Itzt schleicht sie leis'
                hinzu,
Bleibt unentschlossen vor ihm stehen,
Entschliefst sich, bückt sich sanft auf seine
                Wangen hin,
Die, Rosen gleich, in süfser Röthe glühn,
Und spitzt die Lippen schon, und itzt — itzt
                wär's geschehen,
Als eine neue Furcht (wie leicht
Wird eine Spröde scheu!) sie schnell zurücke
                scheucht.

„Sie möcht' es noch so leise machen,
So könnte doch der Schäfer dran erwachen.
Was folgte drauf? Sie müfste weiter gehn,
Ihm ihre Neigung eingestehn,
Um seine Gegenliebe flehn,
Und sich vielleicht — wer könnte das ertragen?
Vielleicht sich abgewiesen sehn —
Welch ein Gedanke! Kann Diana so viel wagen?
Bey einer Venus, ja, da möchte so was gehn!
Die giebt oft ungestraft den Göttern was zu
                spafsen,
Und kann sich eh' im Netz ertappen lassen
Als ich, die nun einmahl die Spröde machen
                mufs,

Bey einem armen trocknen Kuſs.

Und wie? Er sollte mich zu seinen Füſsen sehn?

D i a n e n s Ehre sollt' in seiner Willkühr stehn?

Wie? wenn er dann den Ehrfurchtsvollen
machte,

(Man kennt der Schäfer Schelmerey)

Und meiner Schwachheit ohne Scheu

An einer Nymfe Busen lachte?

Wie würde die der Rache sich erfreun,

Und meine Schmach von Hain zu Hain

Den Schwestern in die Ohren raunen!

Die eine spräch's der andern nach,

Bald wüſsten's auch die Satyrn und die Faunen,

Und ſängen's laut beym nächtlichen Gelach.

In kurzem eilte die Geschichte,

Vermehrt, verschönt, gleich einem Stadtge-
rüchte,

Bis zu der obern Götter Sitz,

Dem M o m u s, der beym Saft der Nektarreben

Die Götter lachen macht, und J u n o n's schar-
fem Witz

Beym Theetisch neuen Stoff zu geben."

Die Göttin bebt, erblaſst und glüht

Vor so gefährlichen Gedanken;

Und wenn sie dort die Neigung zieht,

So macht sie hier die Klugheit wanken.
Man sagt, bey Spröden überzieh'
Die Liebe doch die Vorsicht nie.
Ein Kuſs mag freylich sehr behagen,
Doch ist's am Ende nur ein Kuſs;
Und Freuden, wenn man zittern muſs,
Sind doch (was auch O v i d e sagen)
Für Schönen nicht gemacht, die gerne —
        sicher gehn.
Schon fängt sie an, nach ihrem Drachen-
        wagen
Unschlüssig sich herum zu drehn;
Schon weicht ihr scheuer Fuſs — doch bleibt
        er wieder stehn;
Sie kann den Trost sich nicht versagen,
Nur Einmahl noch (was ist dabey zu wagen?)
Den schönen Schläfer anzusehn.

„Noch einmahl? ruft ein L o y o l i s t:
Und heiſst denn das nicht alles wagen?"
Vielleicht; doch ist es, wie ihr wiſst,
Genug, die Göttin los zu sagen,
Daſs sie es nicht g e m e i n t. Die Frist
War allzu kurz euch Raths zu fragen;
Und überdieſs, vergönnet mir zu sagen,
Daſs P a t e r E s k o b a r auf ihrer Seite ist.

Vorsichtig oder unvorsichtig,
Uns gilt 'es gleich; genug, so viel ist
richtig,
Sie bückte sich noch einmahl hin, und sah
(Doch mit dem Vorsatz ihn auf ewig dann
zu fliehen)
Den holden Schläfer an. — Betrogne Cyn-
thia!
Schon kann sie ihm den Blick nicht mehr
entziehen,
Und bald vergißt sie auch zu fliehen.
Ein fremdes Feuer schleicht durch ihren gan-
zen Leib,
Ihr feuchtes Aug' erlischt, die runden Knie
erbeben,
Sie kennt sich selbst nicht mehr, und fühlt
in ihrem Leben
Sich itzt zum ersten Mahl — ein Weib.

Erst ließ sich ihr Gelust mit Einem Kusse
büßen,
Itzt wünscht sie schon — sich satt an ihm
zu küssen;
Nur macht sie stets die alte Sorge scheu.
Diana muß sich sicher wissen,
Und wird ein wenig Feerey
Zu brauchen sich entschließen müssen.

Es wallt durch ihre Kunst
Ein zauberischer Dunst,
Von Schlummerkräften schwer,
Um ihren Liebling her.
Er dehnt sich, streckt ein Bein,
Und schläft bezaubert ein.
Sie legt sich neben ihn
Aufs Rosenlager hin,
(Es hatte, wie wir wissen,
Für eine Freundin Raum)
Und unter ihren Küssen
Den Schlaf ihm zu versüfsen
Wird jeder Kufs — ein Traum.

Ein Traumgesicht von jener Art,
Die oft, trotz Skapulier und Bart,
Sankt Franzens fette Serafinen
In schwüler Sommernacht bedienen;
Ein Traum, wovor, selbst in der Fastenzeit,
Sich keine junge Nonne scheut;
Der (wie das fromme Ding in seiner Einfalt
            denket)
Sie bis ins Paradies entzückt,
Mit einem Strom von Lust sie tränket,
Und schuldlos fühlen läfst was nie ihr Aug'
            erblickt.

Ob Luna selbst dabey was abgezielet;
Ob ihr das schelmische Gesicht,
Kupido, einen Streich gespielet; —
Entscheidet die Geschichte nicht.
Genug, wir kennen die und den,
Die gerne nie erwachen wollten,
Wenn sie Äonen lang so schön
Wie unser Schäfer träumen sollten.

Was Jupiter als Leda's Schwan
Und als Europens Stier gethan,
Wie er Alkmenen hintergangen,
Und wie der hinkende Vulkan
Sein Weibchen einst im Garn gefangen;

Wie stille Nymfen oft im Hain
Dem Faun zum Raube werden müssen;
Wie sie sich sträuben, bitten, dräun,
Ermüden, immer schwächer schreyn,
Und endlich selbst den Räuber küssen;

Des Weingotts Zug, und wie um ihn
Die taumelnden Bacchanten schwärmen,
Wie sie von trunkner Freude glühn,
Und mit den Klapperblechen lärmen;
Sie wiehern laut ihr Evoe!

Es hallt zurück vom Rhodope;
Der Satyr hebt mit rasender Geberde
Die nackte Mänas in die Höh,
Und stampft in wildem Tanz die Erde.

Ein sanfter Anblick folgt dem rohen Bac-
    chanal.
Ein stilles, schattenvolles Thal
Führt ihn der Höhle zu, wo sich die Nym-
    fen baden;
Diana selbst erröthet nicht,
(Man merke, nur im Traumgesicht,
Und von geschäftigen Najden
Fast ganz verdeckt) von ihm gesehn zu seyn.
Welch reitzendes Gewühl! Es scheint vom
    Wiederschein
So mancher weißen Brust, die sich im Was-
    ser bildet,
So manches goldnen Haars, die Flut hier
    übergüldet,
Dort Schnee im Sonnenglanz zu seyn.
Sein trunknes Auge schlingt mit gierig offnen
    Blicken
So viele Reitzungen hinein,
Er schwimmt in lüsternem Entzücken
Und wird vor Wunder fast zum Stein.

Man glaubt, daſs Cynthia hierbey
Nicht ungerührt geblieben sey.
So süſs auch Küsse sind, wenn wir Tibulle
hören,
So haſst doch die Natur ein ewig Einerley.
Beym Nektartisch und beym Koncert der
Sfären
Sind Götter selbst nicht stets von langer Weile
frey.
Zum mindsten sagt's Homer. Wie wird
denn, satt von Küssen,
Diana sich zu helfen wissen?
Sie that, (so sagt ein Faun, der sie beschli-
chen hat)
Was Platons Penia im Göttergarten that.
Was that denn die? — wird hier ein Neu-
ling fragen?
Sie legte — Ja doch! nur gemach!
Schlagt euern Plato selber nach;
Es läſst sich nur auf Griechisch sagen.

DAS URTHEIL DES PARIS.

EINE SCHERZHAFTE ERZÄHLUNG NACH

LUCIAN. 1764

DAS URTHEIL DES PARIS.

Aus dreyen reitzenden die Schönste auszu-
 wählen,
Fand Aristipp, ein weiser Mann, nicht
 leicht:
Er guckte lang, und sich an keiner zu ver-
 fehlen
Erwählt' er alle drey; unweislich, wie mich
 däucht.
Der Mann verstand sich nicht auf Weiber-
 seelen;
Sein Grund hält wenigstens nicht Stich.
Ein Kenner, Ihr, Herr Leser, oder ich,
Wir hätten uns um Eine doch von dreyen
Durch unsre Wahl verdient gemacht,
Anstatt, wie er, mit allen dreyen
Uns ohne Vortheil zu entzweyen.

Just so wie wir hat Paris einst gedacht,
Als ihm den goldnen Preis der Schönsten
zuzusprechen
Ein Götterwink zur Pflicht gemacht.
Anstatt den Kopf sich lange zu zerbrechen,
Erklärt' er sich, um eine hübsche Nacht,
Für die gefällige Cythere.
Freund Lucian, der Spötter, sagt uns zwar
Von diesem Umstand nichts; doch, wär' er
auch nicht wahr,
So macht' er doch dem Witz des Richters Ehre.

Wer kennt ihn nicht, den Spötter Lucian?
Wer bey ihm gähnt, der schnarchte wohl am
Busen
Cytherens beym Gesang der Musen.
Daſs niemand feiner scherzen kann,
Daſs er ein schöner Geist, ein Kenner,
Ein Weltmann war, gesteht ihm jeder ein;
Doch wünschen Tillemont und andre
wackre Männer
Mit gutem Fug, er möchte frömmer seyn.
Was uns betrifft, die gern Sokratisch
lachen,
Uns dient er oft zum wahren Äskulap;
Er treibt die Blähungen der Seele sanft uns ab,

Und weiſs die Kunst, mit Lächeln oder
            Lachen
Uns klüger oft, vergnügter stets zu machen:
Und das ist mehr, gesteht's, als mancher groſse
            Mann
In Folio und Quarto leisten kann.
Um euch aus ihm für dieſsmahl zu erbauen,
Erzähl' ich euch den Streit der schönen Göt-
            terfrauen.

Sie flammte noch, von Eris angeschürt,
Die Fehde, ohne die Fürst Priam unbe-
            zwungen,
Achillens Zorn und Hektor unbesungen,
Herr Menelas am Vorhaupt ungeziert,
Und seine schöne Frau, zu ihrer gröſsern Ehre,
Uns unbekannt geblieben wäre;
Der Zank, der Götter selbst in Hochzeit-
            freuden stört,
Und wahrlich nicht um Kleinigkeiten;
Nicht was die Linien im Buch Ye-kin
            bedeuten?
Ob Dudeldum, ob Dudeldey
Der Musen gröſsrer Günstling sey?
Ob Käuzchen oder Eule besser singe?
Nicht ob das erste Huhn am Anfang aller
            Dinge

Vor oder nach dem ersten Ey
Gewesen, noch wie hoch ein Floh im Dun-
        keln springe?
Nicht wie Saturn zu seinem Ringe,
Noch wie der Mann im Mond zum Mond
        gekommen sey?
Göttinnen machten auch um nichts so viel
        Geschrey
Wie Filosofen und — wie Kinder!
Der Streit betraf nicht mehr noch minder
Als — wer die Schönste sey?

Um diesen Preis kann man zu viel nicht
        wagen.
Die Damen schreyen nicht allein:
Das Nymfenvolk aus Flüssen, Meer und
        Hain
Hat auch zur Sache was zu sagen;
Die Zofen kriegten sich bereits beym goldnen
        Haar,
Und kurz, es war nicht weit vom Schlagen,
Als Vater Zevs, dem hier nicht wohl zu
        Muthe war,
Weil alle stürmend in ihn dringen
Ihm seinen Ausspruch abzuzwingen,
Sich glücklich einer List besann.

Er spricht: Man weiſs, daſs ich, als dieser
            Göttin Mann
Und jener Zwey Papa, nicht gültig spre-
            chen kann;
Denn (was auch unsre Priester sagen)
Parteylichkeit steht Göttern übel an.
Zum Richter weiſs ich euch nur Einen vor-
            zuschlagen
Der tauglich ist: er ist aus Ilion,
Ein junger Hirt, wiewohl ein Königssohn;
Schön wie der Tag, geübt in solchen Fragen,
Ein Dilettante und zugleich
Ein Kenner, kurz ein Mensch von unge-
            meinen Gaben.
Der, Kinderchen, der ist der Mann für euch!
Ihr könnet wider ihn nichts einzuwenden
            haben.
Doch redet frey, denn mir gilt alles gleich.

Meinthalben (spricht mit hohem Selbstver-
            trauen
Saturnia) mag Momus Richter seyn!

Und ich, fällt Cytherea ein,
Ich rühme mich zwar nicht so hoher Augen-
            brauen,

Doch laſs' ich mir vor keiner Prüfung
    grauen:
Ist Paris nur nicht blind, so hat's wohl
    keine Noth.

Minerva schweigt und läſst ihr Köpfchen
    schmollend hangen.
Und du, spricht Zevs, indem er in die
    Wangen
Die Tochter freundlich kneipt, du schweigest
    und wirst roth?
Doch, Jungfern machen's so, wenn von der-
    gleichen Sachen
Die Rede ist: ihr Schweigen gilt für Ja.
Wohlan, Merkur steht schon gestiefelt da;
Ihr könnt euch auf die Reise machen.
Vergeſst die Hüte nicht; der Tag ist ziemlich
    heiſs,
Und, wie ihr wiſst, macht Sonnenschein
    nicht weiſs.

Das Reiseprotokoll, und was sie auf den
    Straſsen
Gesehn, gehört, geschwatzt, das will ich euch
    erlassen.
Man hebt den einen Fuſs, man setzt den
    andern hin,

Und kommt wie Sancho sagt, dabey doch
        immer weiter;
Auch kürzt den Weg der aufgeweckte Sinn
Von ihrem schwebenden Begleiter.
Der ganze Kor der Götter wird
Von Glied zu Glied anatomiert;
Man steigt herab zu Faunen und Najaden;
Selbst von den Grazien die im Kocyt sich
        baden
Wird viel erzählt, vielleicht auch viel erdacht,
Das ihnen nicht die gröfste Ehre macht;
Nur der Erweisungslast will niemand sich
        beladen.

Inzwischen langt die schöne Karawan'
Bey guter Zeit am Fuſs des Ida an.
Man weiſs, daſs Götter nicht wie Deputierte
        reisen.
Der Berg war hoch, mit Busch und Holz
        bedeckt,
Und im Gesträuch der krumme Pfad versteckt.
Hier könnte Venus uns den Weg am besten
       'weisen,
Fängt Juno an: des Orts Gelegenheit
Muſs ihr noch aus Anchisens Zeit
In frischem Angedenken liegen.
Es hieſs, (vielleicht aus blofsem Neid)

Sie sey auf Ida oft zu ihm herab gestiegen,
Und hab' ihm da, nach Nymfenart geschürzt,
Als Jägerin die Zeit verkürzt.

Dein Spott, versetzt Idalia mit Lachen,
Kann, glaube mir, mich niemahls böse
            machen;
Man weiſs doch wohl — Die Damen (fällt
            Merkur
Sehr weislich ein) geruhen sämmtlich nur
Mir nachzugehn; das ganze Frygerland
Und Ida sonderlich ist mir genau bekannt.
Ich ward, eh' Ganymed ein Amt im Him-
            mel fand,
Vom Jupiter so oft hierher gesandt,
Daſs ich den Weg im Dunkeln finden wollte.
Ich geh' voraus — Schon öffnet sich der Hain:
So viel ich hier die Gegend kenne, sollte
Der Richter nicht mehr weit — Seht ihr auf
            jenem Stein,
Dort wo die Ziege grast, den schönen Hirten
            sitzen?
Unfehlbar wird es Paris seyn —
Er ist's, beym Styx! Der wird die Ohren
            spitzen,
Wenn er erfährt was unsre Absicht ist!

Ich red' ihn an — Sey mir gegrüſst,
Du junger Hirt! — „Ihr auch, mein hüb-
    scher Herr!
Was führet euch in diese wilden Höhen?
Und jene Mädchen dort, die bey der Eiche
    stehen?
Wer sind sie? Schön, beym Jupiter!
So Schöne hab' ich nie gesehen.
Die schwitzten wohl nicht oft im Sonnen-
    schein!
Sie übertreffen ja die Schwanen selbst an
    Weiſse!
Es müssen — ja, so wahr ich Paris heiſse!
Es müssen Feen seyn!“

Nah zu, mein Freund! Du kannst dich
    glücklich preisen,
Der ganze Himmel hat nichts schöners auf-
    zuweisen.
Göttinnen sind's — „Göttinnen? nun, beym
    Pan!
Das dacht' ich gleich, ich sah es ihnen an;
Doch sind's die ersten die ich sehe.“

Versichre dichs, wir kommen aus der Höhe;
Du siehst Gesichter hier wie mans dort oben
    trägt:

Sie haben nur die Strahlen abgelegt,
Die, wie du weifst, sonst Götterköpfe
      schmücken,
(Denn diese könntest du nicht ungestraft
      erblicken)
So thun sie nichts. Gieb nur auf alles Acht!
Die Grofse hier, die über alle raget,
Hat Jupiter vorlängst zu seiner Frau gemacht.
Doch siehst du selbst, der Morgen wenn es
      taget
Ist kaum so frisch; das macht der Götterstand!
Die vollste Rose prangt nicht prächtiger am
      Stocke!
Die andre dort, im krieg'rischen Gewand
Mit Helm und Sper, wird P a l l a s zube-
      nannt;
Und diese da, im leichten Unterrocke,
Mit offner Brust, die unterm Spitzenrand
Des kleinen Huts hervor so schalkhaft nach
      uns schielet,
Ist (wenn dein Herz sie nicht bereits gefühlet)
Dem Nahmen nach als V e n u s dir bekannt.
Was zitterst du? Sey ohne Grauen!
Göttinnen, glaub' es dem Merkur,
Sind eine gute Art von Frauen;
Ihr hoher Stolz sitzt in der Miene nur.
Du kennst sie nun: betrachte sie genau;

Denn Zevs verlangt, nach vorgenommner
        Schau,
Den Ausspruch, welche dir die Schönste
        däucht, von dir.
Der Preis des Wettstreits ist der goldne Apfel
        hier.
Die Aufschrift sagt: Die Schönste soll
        mich haben.
Nun steht's bey dir, die Schönste zu begaben.

    Der junge Hirt, zückt, da er dieses hört,
Die Achseln, und versetzt: Herr Hermes,
        wie ich höre,
Erweiset Jupiter mir allzu viele Ehre.
Ich bin, beym Pan! nicht so gelehrt,
Zum wenigsten nicht dafs ichs wüfste;
Auch seh' ich nicht woher mir's kommen
        müfste:
Ich bin ein Hirt, der nichts gesehen hat
Als Küh' und Schafe, Fichten, Eichen,
Und Mädchen, die — nicht diesen gleichen.
Dergleichen Fragen sind für Leute in der Stadt.
Fragt mich, ob diese junge Ziege,
Ob jene schöner sey, das weifs ich auf ein
        Haar.
Von euern Mädchen hier thut jede mir Genüge.
Sie sind ja alle schön und schlank und glatt,

Die Schönste, denk' ich, ist die man gerade
                    hat:
Und also, weil mir alle drey gefallen,
So geb' ich euern Apfel — allen.

Das geht nicht an, versetzt ihm Majens Sohn:
Du kommst hier nicht so leicht davon!
Zevs will du sollst als Richter sprechen;
Und was er will ist ein Gesetz,
Das ungestraft wir Götter selbst nicht brechen.

Nun, rief Saturnia, wenn endet das Ge-
                    schwätz?
Die Herren wissen schlecht zu leben;
Man läfst uns stehn und schwatzt! — Wohlan,
                    versetzt der Hirt,
Zevs will; ich mufs mich schon ergeben;
Man sagt uns, dafs durch Widerstreben
Nicht viel an ihm gewonnen wird.
Doch müfst ihr mir die Hand drauf geben,
Dafs, weil doch Eine nur die Schönste heifsen
                    kann,
Der andern keine mich defshalb befeinden
                    wolle;
Sonst dank' ich für die Richterrolle;
Mich ficht der Ehrgeitz gar nicht an.

„Wir schwören dir's beym Styx!" —
    Wohlan!
So tretet her, und stellt euch an einander.
Den Kopf zurück! — So! so! Beym grofsen
    Pan!
Die Schönste, die ich jemahls im Skamander
In Sommernächten baden sah,
War gegen diese da — ein Affe!
Doch, lieber Herr Merkur, ich bitte, macht
    mich klug;
Mir fällt, indem ich sitz' und gaffe,
Ein Zweifel ein. Ist's denn auch schon genug,
Sie so gekleidet zu betrachten?
Mich däucht, wenn sie sich leichter machten,
Diefs sicherte mein Urtheil vor Betrug.

„Das steht bey dir: man kann dem Richter
    nichts verwehren
Was dienen kann sein Urtheil aufzuklären. "

Nun wohl, fährt Paris fort, und schneidt
    ein Amtsgesicht;
So sprech' ich denn, wozu mich Amt und
    Pflicht
Ohn' Ansehn der Person verbindet:
Weil, wie bekannt, sich zwischen Hals und
    Fufs

Verschiednes eingehüllt befindet
Das in Betrachtung kommen muſs,
Und das Apollo selbst durch Rathen nicht
ergründet,
So zeigt euch alle drey *in Naturalibus!*

Wie, meinst du, würden unsre Weiber
Zu einem solchen Antrag schrey'n?
Der Aufruhr wär' unfehlbar allgemein.
Das gingen sie in Ewigkeit nicht ein!
Sie sollten ihre heil'gen Leiber
Vor Männeraugen so entweihn?
Sich kritisch untersuchen lassen,
Ob nichts zu groſs, ob nichts zu klein,
Zu lang, zu kurz? ob alle Theile fein
Symmetrisch in einander passen,
Durch ihre Nachbarschaft einander Reitze leihn,
Schön an sich selbst, im Ganzen schöner seyn?
Auch ob ihr Fell durchaus so rein
Und glatt und weiſs wie ihre Hände?
Kein schwarzer Fleck, kein stechend Bein
Den weichen Alabaster schände;
Und kurz im ganzen Werk, von Anfang bis zu
Ende,
Der Kunst gemäſs, auch alles edel, frey,
Untadelig, und rund und lieblich sey?

Das thäten sie (ich rede nicht von allen)
Dem Amor selbst nicht zu Gefallen.
Gut! Aber mehr Entschlossenheit
Fand Paris bey den Götterfrauen.
Sie zeigten ihm ein edles Selbstvertrauen,
Und keine Spur von Furchtsamkeit.
Nur Pallas schlägt die Augen züchtig nieder,
Wie Jungfern ziemt; sie sträubt sich lange noch,
Da Juno schon gehorcht, und hofft, man
     lafs' ihr doch
Zum wenigsten — ein Röckchen und ihr
     Mieder.

„Ein Röckchen? Ey, das wäre fein!
Des Richters Ernst geht keine Klauseln ein.
Nur hurtig! zieht euch ab! Was seyn soll mufs
     geschehen!
Ruft Hermes. Mich darf keine scheu'n;
Ich werd' indefs bey Seite gehen. "

Kaum ist er weg, so steht schon Cypria,
Voll Zuversicht in diesem Streit zu siegen,
In jenem schönen Aufzug da,
Worin sie sich (das lächelnde Vergnügen
Der lüsternen Natur) dem leichten Schaum
     entwand,

Sich selbst zum ersten Mahl voll süfsen Wun-
   ders fand,
Und im Triumf auf einem Muschelwagen
An Pafos reitzendes Gestad
Von frohen Zefyrn hingetragen,
Im ersten Jugendglanz die neue Welt betrat:
So steht sie da, halb abgewandt,
(Wie zu Florenz) und deckt mit einer Hand,
Erröthend, in sich selbst geschmieget,
Die holde Brust, die kaum zu decken ist,
Und mit der andern — was ihr wifst.
Die Zaubrerin! Wie ungezwungen lüget
Ihr schamhaft Aug'! und wie behutsam wird
Dafür gesorgt, dafs Paris nichts verliert!

Auch Junons Majestät bequemt sich allge-
   mach
Zu dem was, ohne solche Gründe,
Sie ihrem Manne, selbst im ehlichen Gemach,
Noch nie gestattet hat, noch jemahls zugestünde.
Gewandlos steht sie da. Nur Pallas will
   sich nicht
Von ihrem Unterrocke scheiden,
Bis Paris ihr zuletzt verspricht,
Wenn sie noch länger säumt, sie selber aus-
   zukleiden.

Nun ist's geschehn! — „O Zevs, ruft er ent-
    zückt,

O laſs mich ewig hier wie eine Säule stehen,

Und, lauter Auge, nichts als diesen Anblick
    sehen!

Mehr wünsch' ich nicht." Kaum ist der
    Wunsch geschehen,

So schlieſset sich, von so viel Glanz gedrückt,

Sein Auge zu, und, fast erstickt

Vom Übermaſs der Lust, schnappt er mit offnem
    Munde

Nach kühler Luft. Doch wird er unvermerkt

Durch jeden neuen Blick zum folgenden
    gestärkt;

Er schaut, und schaut fast eine Viertelstunde,

Und wird's nicht satt. — „Was fang' ich nun,
    o Pan!

(Ruft er zuletzt) mit diesem Apfel an?

Wem geb' ich ihn? Bey meinem Amtsgewissen!

Ich kann, je mehr ich schau', je minder mich
    entschlieſsen.

Der wollusttrunkne Blick verirrt,

Geblendet, taumelnd und verwirrt,

In einer See von Reitz und Wonne.

Die Groſse dort glänzt wie die helle Sonne;

Vom Haupt zum Fuſs dem schärfsten Blick

Untadelig, und ganz aus Einem Stück;

Zu königlich, um einen schlechtern Mann
Als den der donnern kann
An diese hohe Brust zu drücken!
Der Jungfer hier ist auch nichts vorzu-
            rücken.
Beym Amor, hätte sie mir nicht
So was — wie nenn' ichs gleich? was Trotzigs
            im Gesicht,
Ich könnte wohl ins Loos, ihr Mann zu seyn,
            mich schicken.
Doch dieser Lächelnden ist gar nicht zu
            entgehn!
Man hielte sie, so obenhin besehn,
Für minder schön; allein beym zweyten Blicke
Ist euer Herz schon weg, ihr wißt nicht wie,
Und hohlt mir's, wenn ihr könnt, zurücke!
Mir ist, vom Ansehn schon, ich fühle sie,
So groß sie ist, bis in den Fingerspitzen:
Was wär' es erst" —

          Nun, ruft Saturnia,
Was sollen hier die Selbstgespräche nützen?
Wir sind nicht für die lange Weile da.
Ihr werdet doch, wenn's euch beliebt, nicht
            wollen
Daß wir, bis man sich müd' an uns gesehn,
In einem solchen Aufzug stehn

Und uns den Schnupfen hohlen sollen?
Es ist hier kühl! —

„Frau Göttin, nur Geduld!
Wir wollen uns nicht übereilen;
Und müſstet ihr bis in die Nacht verweilen,
So seyd so gut, und gebt euch selbst die Schuld.
Wer hieſs euch um den Vorzug streiten,
Und mich zum Richter ausersehn?
Mein Platz, ich will's euch nur gestehn,
Hat seine Ungemächlichkeiten;
So viele Augenlust wird mir zuletzt zur Qual.
Mehr sag' ich nicht — Doch kurz, so ist die
Wahl
Unmöglich! Eine muſs sich nach der andern
zeigen!
Seht wie ihr euch indeſs die Zeit vertreibt;
Ihr tretet ab, und d i e s e bleibt:
Doch müſst ihr euch nicht gar zu weit ver-
steigen. “

Wie viel der kleine Umstand thut,
Nicht g a n z a l l e i n (denn das ist niemahls gut)
Doch o h n e Zeugen seyn, ist nicht genug
zu sagen.
Die Einsamkeit macht einem Nönnchen Muth;
Und Schäfern, die sonst, blaſs und stumm, den
Hut

In beiden Händen drehn, an ihren Fingern nagen,
Mit offnem Munde kaum gebrochne Sylben
                    wagen,
Und, wenn die Sylvien sich gleich fast hei-
                    ser fragen
Was ihnen fehlt? und durch ihr Lächeln sagen:
Wie, blöder Hirt, was hält dich noch zurück?
Verspricht dir denn mein nachsichtsvoller Blick
Nicht alles zu verzeihn? — sich noch mit
                    Zweifeln plagen;
Selbst dieser Blöden schwachen Muth
Verkehrt sie oft in ungestüme Wuth,
Und heifst sie plötzlich alles wagen.
Sie stärkt das Haupt, sie giebt den Augen Gluth,
Und Munterkeit den Lebensgeistern,
Den schwächsten Armen Kraft Heldinnen zu
                    bemeistern,
Und selbst den Weisen Fleisch und Blut.

    Saturnia, die mit verschränkten Armen
Euch kurz zuvor wie eine Säule stund,
Ist kaum allein, (errathet mir den Grund)
So sieht der Hirt den Marmor schon erwarmen,
Den schönen Mund, die Wangen frischer blühn,
Die weifse Brust, die Alabaster schien,
Mit Rosen sich auf einmahl überziehn,
Und sanft, wie leicht bewegte Wellen

Mit denen Zefyr spielt, sich jeden Muskel
   schwellen,
Kurz jeden Reitz im schönsten Feuer glühn.

Ha, rief der Hirt, da sie so plötzlich sich
   bescelte,
Nun merk' ich erst was Euer Gnaden fehlte!
Ich fühlt' es wohl, und wuſste doch nicht was?
Ich stand erstaunt, und blieb euch kalt wie Erde;
Nun seh' ich wohl, es war nur das!
Jetzt sorg' ich nur, daſs ich zu feurig werde.

Ein allzu günstiges Geschick
(Spricht sie mit Majestät) enthüllt vor deinem
   Blick
Was, seit die Sfären sich in ihren Angeln
   drehen,
Kein Gott so unverhüllt gesehen.
Was zögerst du? Was hält dich noch zurück
Den goldnen Preis mir zuzusprechen?
Der kleinste Zweifel ist, seit du mich sahst,
   Verbrechen.
Gieb mir was mir gebührt, und von dem Au-
   genblick
Ist nichts zu groſs für deine Ruhmbegierde!
Der Juno Gunst gewährt dir jedes Glück,
Den Thron der Welt, ja selbst die Götterwürde!

Den Thron der Welt? — Frau Göttin, wenn
ihr's mir
Nicht übel nehmt, mich reitzt ein Thron nur
wenig.
Was mangelt mir zum frohen Leben hier?
Hier bin ich frey, und das ist mehr als
König.
Ihr zählet, seh' ich, mehr auf meine Ruhm-
begier
Als euern Reitz, den Apfel zu erlangen:
Doch wenn ihr wolltet, könntet ihr
Mit weniger mich weit gewisser fangen.
Ihr seyd sehr schön, — so schön! — (die
andern sind doch fort?)
Daſs unser einer— Kurz, ihr merkt doch was
ich möchte?
Mehr sag' ich nicht! — Frau Jupitrin, ich
dächte,
So eine kluge Frau verständ' aufs halbe Wort!
Nun, wie so stumm? Bey unsern Schäferinnen
Heiſst Schweigen, ja: ich denke dieser Brauch
Gilt in der andern Welt bey euers gleichen
auch.
Die Zeit vergeht, was nützt so viel Besinnen?
Komm, schöne Frau, ich will nicht geitzig
seyn!
Drey Küsse nur! dem rothen Mäulchen einen,

Und auf die Backen zwey, so ist der Apfel
          dein.
Das ist doch wohlfeil, sollt' ich meinen?
Du giebst mir wohl noch selber einen drein.

Wie? fällt ergrimmt die stolze Göttin ein:
Verwegner, darfst du dich entblöden
Mit mir, des Donnerers Gemahlin, so zu reden?
Gieb her! Der Apfel ist kraft seiner Aufschrift
          mein.
Gieb, oder zittre, Staub, vor einer Göttin
          Rache!

He! sachte, wenn ich bitten darf,
(Fällt Paris ein) zum Wetter! nicht so
          scharf!
Ein Kuſs ist wohl so eine groſse Sache!
Am Ende kommt mir's auch auf einen Kuſs
          nicht an:
Meint ihr, es sey zu viel für mich gethan,
So muſs ich mir's gefallen lassen.
Ihr glaubtet mich beym schwachen Theil zu
          fassen;
Allein ein Richter soll nicht auf Geschenke
          sehn:
Es wird was Rechtens ist geschehn.
Wir wollen nun die Blonde kommen lassen!

Er ruft wohl siebenmahl, bis Pallas sich
bequemt
Aus ihrem Busch hervor zu steigen:
Das edle Fräulein war mit gutem Fug beschämt
Sich einer Mannsperson in solcher Tracht zu
zeigen.
Auch schien sie in der That ihr gar nicht anzu-
stehn.
Man mußte sie in Stahl, mit Helm und Lanze,
Beym Ritterspiel, beym kriegerischen Tanze,
Mit Mars und Herkules ein Trio machen
sehn;
Da wies sie sich in ihrem wahren Glanze.
Allein zur Kunst der feinen Buhlerey,
Der Kunst aus hinterlist'gen Blicken
Zum Herzenfang ein Zaubernetz zu stricken,
Zu losem Scherz und holder Tändeley,
Besaß die Göttin kein Geschicke.
Wir wünschen ihr zu ihrer Unschuld Glücke:
Doch hätt' ein wenig Freundlichkeit
Und was wir sonst an Mädchen Seele nennen,
Für dieses Mahl ihr wenig schaden können.

Nun? Jungfer, wie? Was soll die Schüchternheit?
(Spricht unser Hirt, und nimmt sich ungescheut

Die Freyheit, sie beym runden Kinn zu fassen)
Mir wär' an Ihrem Platz nicht leid,
Mich neben jeder sehn zu lassen.
Die Augen auf! —

      Zurück, Verwegner! (schreyt
Tritonia) — drey Schritte mir vom Leibe!
Vergesset nicht den Unterscheid
Von einer Tochter Zevs und einem Hirten-
        weibe!

Es scheint zu viele Höflichkeit

Ist euer Fehler nicht. — Doch (setzt sie
        gleich gelinder

Hinzu) soll diese Kleinigkeit
Uns nicht entzwey'n; ich bleibe dir nicht
        minder
In Gnaden zugethan, und wenn, nach Recht
        und Pflicht,
Dein Mund zu meinem Vortheil spricht,
So soll die Welt, mit schimmernden Trofäen
Bis an des Ganges reichen Strand
Durch dich bedeckt, von Cäsarn und Pompeen,
Vom Schweden Karl, vom Guelfen Ferdi-
        nand,
Vom Helden jeder Zeit, in dir das Urbild sehen!

   Im Ernst? (lacht Paris überlaut)
Das sind mir reitzende Versprechen!

Die Jungfer denkt damit mich zu bestechen?
Allein mir ist ganz wohl in meiner Haut,
Und Händelsucht war niemahls mein Gebrechen.
Meint sie, weil ich ein Fürstensöhnchen sey,
So müsse michs gar sehr nach Wunden jücken?
Bey Nägelkriegen, ja, da bin ich auch dabey,
Wo wir, für Lorbern, Küsse pflücken,
Der Feind in Büsch' und Grotten flieht,
Sich lächelnd wehrt, den Sieg zur Lust verzieht,
Und, wenn er alle Kraft zum Widerstand ver-
           einigt,
Dadurch nur seinen Fall beschleunigt:
In diesen Krieg, der wenig Wittwen macht,
Da laß' ich mich gleich ohne Handgeld werben.
Doch wo man nach der heißen Schlacht
Nicht wieder von sich selbst erwacht,
Um einen Lorberkranz in vollem Ernst zu
           sterben;
Da dank' ich! Sprecht mir nichts davon!
Ich hasse nichts so sehr als Schwerter, Dolch'
           und Spieße;
Auch kenn' ich manchen Königssohn,
Der, eh' er sich, selbst um die Kaiserkron',
In einen Küraß stecken ließe,
Die Kunkel selbst willkommen hieße.
So viel zur Nachricht, junge Frau!

Indeſs ist euch damit die Hoffnung nicht be-
nommen;
Mir gilt die Eule was der Pfau.
Doch, laſst mir nun d i e K l e i n e kommen!

Sie kommt, die Lust der Welt, des Himmels
schönste Zier,
Und unsichtbar die Grazien mit ihr.
Dem Hirten ist's, da er sie wieder siehet,
Als säh' er sie zum ersten Mahl.
Ihr erster Blick erspart ihm schon die Wahl;
Das Herz entscheidt; ein einzigs Lächeln ziehet,
Noch eh' er sich besinnen kann,
Und fesselt ihn an ihren Busen an.

Sie spricht zu ihm: „Du siehst, ich könnte
schweigen,
Mein schöner Hirt; ich siege nicht durch List,
Die Schönheit braucht sich nur zu zeigen;
Man weiſs, daſs du ein Kenner bist,
Und guten Tänzern ist gut geigen.
Doch was ich sagen will, betrifft dich selbst,
nicht mich.
Schön wie A p o l l, wie kann, ich bitte dich,
Dir dieser wilde Ort gefallen?
Sey immerhin der Schönste unter allen
Im Frygerland, sey ein E n d y m i o n,

Sey ein Narcifs, was hast du hier davon?
Du denkst doch nicht dafs deine Herden
Von deinem Anschaun fetter werden?
Die Mädchen hier, die man im Walde findt,
Empfinden nicht viel mehr als ihre Ziegen:
Die Liebe ist für sie Bedürfnifs, nicht Ver-
    gnügen;
Sie sehn den Mann in dir, und sind fürs
    andre blind.
Den Hof, die Stadt, wo deines gleichen sind,
Die solltest du zum Schauplatz dir erwählen!
Dort ist die Lieb' ein Spiel, ein süfser Scherz.
Die Schönsten würden sich dein Herz
Einander in die Wette stehlen.
Und wenn du wolltest, wüfst' ich dir
Ein junges Mädchen zuzuweisen,
Die, ohne sie zu viel zu preisen,
An jedem Reitz, an jeder Schönheit mir
In keinem Stücke weicht." — Beym Pan! die
    möcht' ich sehen!
(Ruft Paris aus) So schön, so hold, wie
    ihr?
Ihr wollt mir, hör' ich wohl, ein kleines
    Näschen drehen?
Wo käme mir noch eine Venus her?
So schön wie ihr? — „Du sagst vielleicht
    noch mehr,

Wenn du sie siehst." — Das glaub' ich nim-
    mermehr!
Sie hätte mir so schöne lange Locken
Vom feinsten Gold, und weich wie seidne
    Flocken?
Und einen Mund, der so verführ'risch lacht,
Und wenn er lacht nach Küssen lüstern macht?
Und ihre schwarzen Augenbrauen
Die flössen ihr so fein und sanft verloren hin?
Und solch ein Aug' und solche Blicke drin,
Die einem durch die Seele schauen?
In jedem Backen und im Kinn
Ein Grübchen wo ein Amor lächelt,
Und Arme die Auror' nicht schöner haben
    kann,
Und eine Hand wie Marcipan,
Und Hüften — „Still! nichts weiter, junger
    Mann,"
Fällt Venus ein. — Sagt mir nur dieß
    noch — fächelt
Denn auch so schön wie hier, in ihrer Lilien-
    brust
Die Wollust selbst den Geist der Jugendlust?
„In diesem Stück, erwiedert sie mit Lachen,
Kann mir Helene noch den Vorzug streitig
    machen."
Ihr flößst mir fast ein wenig Neugier ein.

Helene nennt ihr sie? Ich laß' es mir
    gefallen.
Doch — um nur halb so schön als ihr zu
    seyn,
Muß wahrlich Götterblut in ihren Adern
    wallen.

„Du irrest nicht, erwiedert Pafia,
(Die der gelungnen List und ihres Siegs sich
    freute)
Sie ist mein Schwesterchen, (zwar von der
    linken Seite)
Ein Kind von Zevs, der ihrer Frau Mama
Zu Lieb' ein Schwanenfell sich borgte,
Und seinen Vortheil einst bey ihr im Bad
    ersah.
Frau Leda wußte nicht wie ihr dabey geschah,
Und sah dem Schwan, von dem sie nichts
    besorgte,
Und seinem Scherz in unschuldvoller Ruh,
Nicht ohne Lust, mit süßem Wunder zu:
Doch wenig Monden drauf wird, wider alles
    Hoffen,
Die gute Frau, von Tyndar, ihrem Mann,
Beym Eyerlegen angetroffen.
Ein Weiser trägt was er nicht ändern kann.
Die Schuld blieb auf dem Schwan ersitzen:

Doch zeigte schon die That genüglich an,
Der Schwan, der dieſs gekonnt, sey kein
        gemeiner Schwan.
Man fand in einem Ey zwey wunderschöne
        Knaben,
Und aus dem andern kroch das schönste Mäd-
        chen aus.
Herr Tyndar machte sich (wie billig) Ehre
        draus,
Den wundervollen Schwan so nah' zum Freund
        zu haben,
Und alles endigte mit einem Kindbett-Schmaus.
Nach funfzehn oder sechzehn Lenzen
War Leda's Töchterchen das Wunder von
        Mycen.
Schon macht ihr Ruhm sich immer weit're
        Grenzen;
Die Dichter finden schon mich selbst nicht
        halb so schön.
Man sieht um sie die Schönen und die Erben
Vom festen Land und von den Inseln werben.
Doch alles dieſs, und was noch mehr geschah,
Verschlägt uns nichts; genug, sie ist nun da,
Macht ihrem Vater Schwan viel Ehre,
Ist weiſs und roth, als wie ein wächsern Bild,
Ist jung und reitzend wie Cythere,
Und dein, mein Prinz, so bald du willt."

Beym Pan! (ruft Paris aus) wenn's hier
          nur Wollen gilt,
So wollt' ich dafs sie schon in meinen Armen
          wäre!
Doch zweifl' ich — „Zweifle nicht, und trau
          Cytheren mehr!
Ich und mein Sohn , wir können vieles
          machen.
Wir brachten, glaube mir, wohl ungereimt're
          Sachen
Zu Stand. als diefs. Die Frage ist
Nur blofs, ob du entschlossen bist
Um sie nach Sparta hinzureisen?
Den Weg soll dir mein Amor selber weisen:
Er ist, so klein er ist, so schlau,
Du kannst dich ganz auf ihn verlassen.
Nur mufst du zu dir selbst auch mehr Ver-
          trauen fassen.
Ein feiges Herz freyt keine schöne Frau.“

Der Vorschlag, Göttin, läfst sich hören.
Versetzt der Hirt der lächelnden Cytheren:
Wenn sie nur halb so reitzend ist als ihr,
So ist, wer sie besitzt, ein Jupiter auf
          Erden.
Allein was soll indessen hier
Aus diesem goldnen Apfel werden?

„Dem Apfel? — Gut, mein Sohn, den giebst
      du mir.
Bekommst du nicht das schönste Weib
      dafür?“ —

      Frau Göttin, (spricht der Jüngling) darf
            ich reden?
Ich gäb' um Einen Kuſs von euch, ich sag'
            es frey,
Gleich eine ganze Welt voll Leden
Und Ledeneyern hin, wenn auch aus jedem Ey
Ein Mädchen, wie ein Rosenknöspchen schlüpfte,
Und ungelockt mir auf die Schultern hüpfte.
Ein Wort für tausend, Göttin — doch, verzeih,
Es muſs heraus und gält' es gleich mein Leben!
Mit Freuden will ich's dir sammt diesem Apfel
            geben,
Wofern du diese Nacht, nur bis zum
            Hahnenschrey,
Ein Stündchen nur — wie bald ist das vor-
            bey! —
Dich überreden willst daſs ich Anchises sey.
Wie sollt' ich nicht den Glücklichen beneiden?
Er war ein Hirt wie ich; und eben dieser Hain
War einst ein Zeuge seiner Freuden!
Sprich, Göttin, soll er's nicht auch von den
            meinen seyn?

Cythere fand die Frag' ein wenig unbe-
scheiden,
Und sieht ihn, glaubt sie, zürnend an:
Doch weil ihr lachend Aug' nicht sauer sehen
kann,
So wird's ein Zorn, der ihn so wenig schrecket,
Daſs ihr sein Blick nur feuriger entdecket
Was Venus selbst nicht ohne Röthe hört.
Sie hätte gern sich längre Zeit gewehrt;
Doch Ort und Zeit verbot ein langes Sträuben.
Der Jüngling fleht, und sie so weit zu treiben
Als man Göttinnen treiben kann
Die nicht von Marmor sind,   fängt er zu
weinen an.
Das muſste seine Wirkung haben!

„Nun, sprich mein Urtheil—nur kein Nein!“

Sie beut dem ungestümen Knaben
Die schöne Hand, und sagt — nicht Nein.

Der Schlaue will noch mehr Gewiſsheit
haben:
„Beym Styx, mein Täubchen?“ — Sey's! Willst
du nun ruhig seyn?

„Hier, Göttin, nimm! der Preis ist dein!“ —

AURORA UND CEFALUS.

EINE SCHERZHAFTE ERZÄHLUNG.

1764.

AURORA UND CEFALUS.

Noch lag, umhüllt vom braunen Schleier
Der Mitternacht, die halbe Welt;
Es ruhn in ungestörter Feier
Das stille Thal, das öde Feld,
Die Nymfen über ihren Krügen,
Der trunkne Faun auf seinem Schlauch;
Vielleicht fügt's Nacht und Zufall auch,
Daß manche noch bequemer liegen;
Der Elfen schöne Königin
Hatt' ihren Ringeltanz beschlossen,
Und sanft auf Blumen hingegossen
Schlief jede kleine Tänzerin:
Mit Einem Wort, es war zur Zeit der Mette,
Als sich zum ersten Mahl
Tithonia aus ihrem Rosenbette
Von ihres Alten Seite stahl.

Die Schlafsucht, die sie ihrem Gatten
Sonst öfters vorzurücken pflegt,
Kommt dieses Mahl ihr wohl zu Statten:
Sie zieht die Brust, an die er schnarchend
          sich gelegt,
Sanft unter ihm hinweg, verschiebt mit
          Zefyrhänden
Die Decke, glitscht heraus, deckt leis' ihn
          wieder zu,
Wirft einen Schlafrock um die Lenden,
Und wünscht ihm eine sanfte Ruh.

Sie fand im Vorgemach die Stunden,
Die ihre Zofen sind, vom Schlummer noch
          gebunden;
Nur Eine ward, indem die Göttin sich
Mit leisem Fuſs bey ihr vorüber schlich,
Aus einem Traum, den Mädchen gerne
          träumen,
Halb aufgeschreckt. Sie schrie, wie Nymfen
          schreyn
Um feuriger geküſst, nicht um gehört zu
          seyn.
Auror' erschrickt und flieht. Allein,
Das Mädchen legt, um ruhig auszuträumen,
Sich auf das andre Ohr und schlummert wie-
          der ein.

Die Göttin eilt, spannt (was sie nie gethan)
Mit eigner Hand vor ihren Silberwagen
Die rosenfarbnen Stuten an,
Und läfst sich nach Hymettus tragen.
Dort steigt sie ab, läfst Pferd' und Wagen
In einer Grotte stehn, und sucht mit zartem
Fufs,
Aus dessen Tritten Rosen sprossen,
Den schönen Cefalus.

Aurora? — Wie? — Das Muster weiser
Frauen,
Auf deren Treu, die schon Homer uns pries,
Ein jeder alte Mann sein junges Weibchen
schauen
Und sie zum Vorbild nehmen hiefs?
Sie, die nur ihrem Tithon lachte,
Und ob er gleich, bey silbergrauem Haar
Und taubem Ohr, kaum noch ergetzbar war,
Doch Tag und Nacht auf sein Ergetzen dachte;
Die ihre schöne Brust so oft zum Pfühl ihm
machte,
Ihm öfters ganze Nächte wachte,
Ihm oft die Füfse rieb, ihm oft den Puls
befühlt',
Erwärmend ihn in ihren Armen hielt,
Ihn immer fragt' ob ihm was fehlte,

Und bis er schlief ihm Mährchen vorerzählte—
Aurora, die so viele Proben gab
Wie zärtlich sie den alten Tithon liebe;
Sie fiele nun auf einmahl ab
Und nährete verbotne Triebe?

Mir ist es leid, daſs ichs gestehen muſs:
Ihr mögt nun was ihr könnt von ihrer Tugend
        halten,
Allein, so war's! Sie schlich von ihrem Alten
Sich heimlich weg, und sucht den jüngern Kuſs
Des schönen Cefalus.

Helvezius und Büffon werden sagen,
Daſs dieses nicht so unnatürlich sey:
Allein, (wie wackre Leute klagen)
Die Herren denken etwas frey.
Doch will ein Feind von aller Ketzerey,
Albertus Magnus selbst, vorlängst gesehen
        haben,
„Daſs junger Mädchen Aug' auf schönen jun-
        gen Knaben
Sich gern verweil';" — und an Gestalt,
An Neigungen und Reitzbarkeit der Sinnen,
Sind, wie man weiſs, die ältesten Göttinnen
Stets — sechzehn Jahre alt.

Diefs war Aurorens Fall, als auf Hymet-
          tus Höhen,
Zur Jagd geschürzt, mit Bogen, Pfeil und
          Spiefs,
Der schöne Jäger ihr zum ersten Mahl sich
          wies.
Verbeut die strengste Pflicht was sichtbar ist
          zu sehen?
Sie sah in Unschuld hin, und blieb, ihm nach-
          zusehen,
Uneingedenk der lauernden Gefahr,
Auf einer Silberwolke stehen.
War's ihre Schuld, dafs er so reitzend war?

     Dabey blieb's dieses Mahl.   Doch, da sie,
          wider Hoffen,
Zum zweyten Mahl ihn schlafend angetroffen,
Wie sollte sie dem Einfall widerstehn
Von ihrem Wagen abzusteigen
Um ihn genauer anzusehn?
Die Dämmerung macht manche schön,
Die sich im Sonnenschein mit schlechtem Vor-
          theil zeigen.
Sie mufs doch sehn, ob's hier nicht auch
          so sey?
Zu rasch flog neulich er vorbey;
Was schadet's näher hinzugehen?

Sie thut's. Allein, wie angenehm erblafst,
Da sie ihn recht ins Auge fafst,
Ihr Rosenmund — den Tithon selbst zu
   sehen!

Den Tithon? Ja, doch wie er damahls
   war,
Als er, in auserlesner Schaar
Der schönsten Frygier, vor allen
Der Schönste war, vor allen ihr gefallen;
Mit langem dunkelbraunem Haar,
Mit blühendem Gesicht und Lippen von
   Korallen.

Je mehr sie ihn beschaut, je stärk're Farben
   leiht
Ihr gern betrognes Herz der seltnen Ähnlich-
   keit.
Sie überläfst sich nun mit Ruh den neuen
   Trieben,
Und findt ich weifs nicht was für eine Süfsig-
   keit,
Den werthen Greis in Cefalus zu lieben.
Mit welcher Lust, mit welcher Zärtlichkeit
Sie auf das Ebenbild von Tithons schöner
   Zeit
Die gern betrognen Blicke heftet!

So war er einst mit jedem Reitz geschmückt!
So ward er oft, eh' ihn der Jahre Last ent-
kräftet,
Im Taumel süfser Lust an ihre Brust gedrückt!

So sieht und liebt, nach Platons Lehren,
Der junge Kallias in seiner Tänzerin
Das höchste Gut, womit sich unsre Geister
nähren
Eh' sie in diese Leiber ziehn.
Singt ihm, den Grazien zu Ehren,
Ihr süfser Mund ein Tejisch Liedchen vor:
So glaubt euch der entzückte Thor,
Er höre den Gesang der Sfären.
Ein Druck von ihrer weichen Hand,
Das Spiel der buhlerischen Zungen,
Erweckt von seinem Götterstand
Die schlummernden Erinnerungen;
Auf einmahl ist's, ob um ihn her
Der blaue Himmel offen wär';
Er sieht die Sterne doppelt blinken;
Er steigt, verliert sich in dem Schwarm
Der Geister welche Nektar trinken,
Glaubt in den Quell des Lichts zu sinken,
Und sinkt, und sinkt — in Frynens
Arm.

Daſs oft dergleichen Ähnlichkeiten
Zu süſsen Irrungen verleiten,
Ist ein Erfahrungssatz, den niemand läugnen
wird.
Aurora sah, durch sie verirrt,
Im schönen Cefalus den Tithon sich ver-
jüngen;
Und sah' es kaum, so faſste sie den Schluſs,
Die Stunden, welche sie, nicht ohne Über-
druſs,
Bey diesem nur verträumen muſs,
Mit jenem besser zuzubringen.

Mit welcher Lust verschlingt ihr lauschend
Ohr
Der raschen Stöber Laut, die ins Gehölze
- dringen!
Sonst hörte sie der Lerchen frühes Kor
Gern neben ihrem Wagen singen:
Allein ihr däucht in diesem Augenblick
Hylaktors Jagdgeheul die lieblichste Musik.
Sie sieht die raschen Jäger ziehen,
Das Hifthorn tönt, der Wald erwacht,
Die Hunde schlagen an, die scheuen Rehe
fliehen.
Doch plötzlich fühlt von einer fremden
Macht

Der Jüngling sich ergriffen, fortgezogen,
Und schneller als ein Pfeil vom Bogen
Durch Luft und Wolken weg, wer weiſs
    wohin gebracht.

Betäubt von seinem Abenteuer,
Begriff er nicht wie ihm geschah.
Er sieht aus Furcht, die stets Gespenster sah,
Bey zugeschloſsnem Aug', ein gräſslich Unge-
    heuer
Mit offnem Schlund ihm dräun, und glaubt
    sein Letztes nah.
Doch Düfte von Ambrosia,
Die ihm, mit süſserm Schwall als von den
    Zimmethügeln
An Ceylons Strand, entgegen wehn,
Ermuntern ihn die Augen aufzuriegeln;
Und o! wer wünschte nicht, was er itzt sah,
    zu sehn!

Der Perlenmuttersahl mit Säulen von Rubinen,
Den unsre Göttin sich zum Schauplatz aus-
    erkohr,
Hat einem Kenner nicht romantisch g'nug
    geschienen.
So stellt euch denn, umwölbet mit Schas-
    minen,

Auf weichem Moos ein Schwanenlager vor,
Mit   reichem   Sammt   bedeckt;   auf   diesen
                    Schwanenbetten,
Ringsum behängt mit frischen Blumenketten,
Die schönste F e e, so schön und jung als man
An einem Sommertag sie immer sehen kann;
Und diese Fee in einer Lage
Wie T i z i a n der Liebesgöttin giebt,
Und in dem halb gebrochnen Tage
Worin die blöde Scham sich williger ergiebt;
Verhüllt, doch so, daſs jede kleine Regung
Das neidische Gewand verschiebt,
Und unter seidnem Flor die steigende Bewe-
                    gung
Des schönsten Busens sichtbar wird —
Den Anblick stellt euch vor, und werdet nicht
                    gerührt!

    Der Jüngling ward's, der in dem Augen-
                    blicke,
Worin der schöne Gegenstand
Ihn überrascht, zu gutem Glücke
Sich selbst zu ihren Füſsen fand.

    Die Göttin wundert, wie natürlich,
Sich ungemein, ihn hier zu sehn;
Und er giebt ihr, doch nur figürlich,

Den ganzen Eindruck zu verstehn,
Den so viel reitzungsvolle Sachen
Auf sein geblendtes Auge machen.
Die Freyheit, die er nimmt, fällt billig
Dem Schicksal, nach Gebrauch, zur Last;
Und wenn Auror' ihn nur nicht hafst,
Ist er zu jeder Strafe willig.

Aurora will ihm gern gestehn,
Dafs Leute die ihm ähnlich sehn
Nicht sehr gehafst zu werden pflegen;
Es sey ihr auch nicht sehr entgegen,
(Die Schlaue hält, indem sie's spricht,
Die Rosenfinger vor's Gesicht)   .
Von einem hübschen Mann sich hochgeschätzt
                zu wissen;
Wie weit ihr eignes Herz hierbey
Vielleicht zu gehen fähig sey,
Das werde mit der Zeit sich erst entwickeln
                müssen;
Man komme mit Beständigkeit
Und vielem Muth im Lieben weit:
Doch, was sie seiner Zärtlichkeit
Für dieses Mahl gestatten wollte,
(Und dieses selbst vielleicht noch nicht gestat-
                ten sollte)

Sey, nebst dem Recht sie ungescheut
Auf seinen Knieen anzuschauen,
Ein ungezweifeltes Vertrauen
In seine Ehrerbietigkeit.

Mein Mann verspricht mit vielen Schwüren,
Indem er ihre Knie aus Dankbarkeit umfaßt,
Sich sehr bescheiden aufzuführen;
Doch Dankbarkeit ist eine schwere Last!
Aus Dankbarkeit, von der er glühet,
Wird ihre schöne Hand wer weiß wie oft
                        geküßt;
Und, da man sie zerstreut zurücke ziehet
Indem er noch im Küssen ist,
Verirrt sein Mund — Da seht mir doch die
                        Musen;
Die kleinen Spröden schämen sich
Und halten plötzlich ein — doch ich bekenn'
                        es, ich,
(Und Cicero an Pätus spricht für mich)
Verirrt — wie leicht verirrt man sich!
Verirrt sein Mund auf ihren Busen.

„Wer einmahl — lehrt uns Markus Tul-
                        lius,
Doch nicht im Buche von den Sitten —

Des Wohlstands Grenzen überschritten,
(Wofür man zwar sich möglichst hüten muſs)
Dem rath' ich, statt aus Blödigkeit
Auf halbem Wege stehn zu bleiben,
Vielmehr die Unbescheidenheit
So weit sie gehen kann, zu treiben.‟

    Dieſs Axioma mag sehr oft, nach Ort und
            Zeit,
Ein Körnchen Salz *in praxi* nöthig haben;
Vermeſsne, unbescheidne Knaben,
Mit Bart und ohne Bart, gehn leicht hierin zu
            weit.
Doch Cefalus (man muſs eins wie das andre
            sagen)
Befand sich wohl bey dem was Markus
            schrieb:
Er wagt's von Grad zu Grad, bis ihm vor lauter
            Wagen
Nichts mehr zu wagen übrig blieb.

    Wenn seinem Ungestüm die Göttin endlich
            wich,
So that sie freylich nichts als was sie längst
            beschlossen.
Doch keineswegs verhielt es sich

Mit Cefaln so.   Ein Glück, das ihn den Göt-
                    tern glich,
War ihm durch Zufall aufgestofsen;
Und diese Zauberey, die süfse Trunkenheit,
Die sein Gehirn auf ziemlich lange Zeit
Der Stimme seiner Pflicht verschlossen,
Ward gradweis aufgelöst, und endlich ganz
                    zerstreut.

Ihm hatte, da sein Mund (wie schon gesagt)
                    verirrte,
Die Fantasie den gleichen Streich gespielt,
Wodurch die Göttin ihn für ihren Tithon
                    hielt:
Es stellt' im Feuer der Begierde
Die schöne Prokris ihm sich in Auroren
                    dar.
„Wie ähnlich! Götter! ja, fürwahr!
Sie ist's, sie ist's! An Stirne, Brust und Haar
Kann in der Welt sich nichts vollkommner
                    gleichen!
Wen mufs diefs Lächeln nicht erweichen?
So lächelt Prokris nur! so schön
Sah er in ihren blauen Augen
Vor Übermafs der Wonne Thränen stehn,
Und war entzückt sie aufzusaugen!“

So dacht' er, und Auror', in diesem Stück mehr klug
Als zärtlich, sieht und nährt den nützlichen Betrug.
Nehmt noch dazu die zärtlichste der Farben
Die dieser Göttin eigen ist,
Das süfse Rosenroth das ihren Leib umfliefst,
Und einen Mund der Griechisch küfst,
Und Augen die in Wollust starben:
So wird bey Leuten — die verzeihn,
Sein Selbstbetrug vielleicht verzeihlich seyn.

Doch, wie die stärksten Zauberey'n
Der Wahrheit endlich weichen müssen:
So däucht' auch ihm, nach wiederhohlten Küssen,
Die Ähnlichkeit nicht mehr so grofs zu seyn.
Der Dunst zerfliefst, der sein Gesicht geblendet,
Er staunt, er fühlt sich träg' und lau,
Und zürnt sich selbst, dafs er an eine fremde Frau
So viel Entzückungen verschwendet.
Vergebens sucht ihr feuervoller Blick
Die Flamme wieder anzufachen;
Ihm winkt umsonst ein neues Glück
In ihrem offnen Arm: die Scherze fliehn zurück,
Und Reu' und Überdrufs erwachen.

X. B.   14

Bald kommt es, wie man denken kann,
Zu Fragen und Erläuterungen;
Und Cefalus, von Scham und Schmerz be-
                      zwungen,
Fängt stotternd diese Beichte an:

Zu wahr ist's nur, o Göttin, mein Betragen
Beleidigt deinen Reitz, und läfst mir weiter
                      nichts,
Als tief beschämt mich selber anzuklagen.
Nicht halb so sehr verwirrt von deinen Klagen
Als meiner eignen Schuld, weifs ich, beym
                      Gott des Lichts!
Nicht was ich sagen soll. — Mein Herr, das
                      thut hier nichts,
Fällt ihm Aurora ein: ihr braucht euch nicht
                      zu plagen;
Der Eingang will, so viel ich merke, sagen,
Ihr liebt mich nicht, und habt mich nie
                      geliebt?

Ach, allzu wahr! (ruft Cefalus betrübt,
Indem Aurora, doch nur blofs mit halbem
                      Munde
Bey seinem Ach ihm an die Nase lacht)
Ja, ich gesteh's, dafs diese Morgenstunde

Mich doppelt ungetreu, mich doppelt strafbar
macht.
Unwürdig so beglückt zu werden,
Lieb' ich, o Göttin, dich — die, ohne Schmei-
cheley,
So sehr verdient daſs ihr ein Herz ganz eigen
sey —
Dich liebt' ich — nie; und ihr, der Einzi-
gen auf Erden
Für die ich zärtlich bin, ihr ward ich ungetreu!

Das Kompliment, versetzt die Dame,
Ist minder schmeichelhaft als neu:
Doch, wenn man bitten darf, der Nahme
Der Schönen, die so glücklich ist
Daſs solch ein Herz — sie so geschwind ver-
giſst?

Der Schein, ich fühl's und sag's mit
Schmerzen,
Ist wider mich, spricht Cefalus:
Und doch — verzeih, daſs ich so deutlich
reden muſs!
Du hattest nichts als meinen Kuſs,
Und Prokris war in meinem Herzen.
Wir waren schon vom Führband an
Die unzertrennlichsten Gespielen,

Und lieben uns, seitdem wir fühlen,
So zärtlich als man lieben kann.
Als Kind schon kannt' ich keine Lust
Als meiner Prokris liebzukosen,
Lag gerne mit ihr unter Rosen,
Und spielte mit der jungen Brust.
Oft wurde sie in Sommerschatten
Am kühlen Bach von mir belauscht;
Wir wußsten nicht warum, und hatten
Schon unsre Herzen ausgetauscht.
So wurden wir bey Scherz und Küssen
Eins in des andern Armen groſs;
Und unwillkommne Pflichten rissen
Mich weinend itzt aus ihrem Schooſs.
Nun folgen kriegerische Spiele
Dem Gänsespiel, der blinden Kuh;
Es flieht vorm lärmenden Gewühle
Der Kindheit sorgenfreye Ruh.
Allein das Bild der holden Schönen
Schwebt mir, wohin ich gehe, nach;
Ein banges wehmuthsvolles Sehnen
Ertränkt mein Aug' in stillen Thränen,
Und hält in öder Nacht mich wach.
Itzt däucht der Tag mich nicht mehr helle,
Die Luft nicht blau, der Frühling todt;
Nichts reitzt mich mehr, kein Abendroth,

Kein Hain, kein Schlummer an der Quelle.
Allein so bald ein Götterfest
Die Mädchen sichtbar werden läfst,
Und Prokris, weifs und frisch umkränzet,
Mit offner Brust und freyem Haar,
Die Schönste in der schönen Schaar,
Wie Hebe mir entgegen glänzet;
Dann ist mir — nein! der Götter Glück
Kann keinen höhern Grad erschwingen!
Mein offnes Aug' und starrer Blick
Scheint ihre Reitze zu verschlingen.
Sie sieht im gleichen Augenblick
Nach mir sich um, und unsre Blicke
Begegnen sich; sie seufzt, und zieht,
Da sie mein Auge schmachten sieht,
Verschämt die ihrigen zurücke;
Doch bald von Amorn übermocht,
Der ihr im jungen Busen pocht,
Kann sie sich länger nicht erwehren
Sich zärtlich nach mir hin zu kehren;
Sie fühlt —

Unfehlbar! (fällt Aurora ein) sie fühlt—
Was alle jungen Mädchen fühlen.
Ich bitte dich, was soll die Elegie erzielen
Womit du mich hier abgekühlt?

Man dächte, wenn man dich so reden hört, es
hätte
Noch niemand es wie ihr gemacht.
Fang' lieber den Roman von hinten an; ich
wette
Er endet doch in — einer Hochzeitnacht.

Um kurz zu seyn, so sind es nun drey Jahre,
Fuhr Cefal schamroth fort, daſs Hymen uns
beglückt,
Und ich in Prokris Arm erfahre,
Daſs Afterliebe nur von Sättigung erstickt.
Uns ist, ob jeder Tag der allererste wäre.
Man sagt sonst, der Genuſs verzehre
Der stärksten Liebe Gluth; bey uns ist's umge-
kehrt:
Die unsre wird dadurch genährt,
Und wächst, dem Fönix gleich, aus ihrer eignen
Asche.

Der junge Mann (fällt hier die Göttin wie-
der ein)
Hat, wahrlich! aus der Purpurflasche [1]
Bescheid gethan! er liebt ja ungemein!
Wer hätte sich bey so gestalten Sachen
Des Glücks versehn, ihn ungetreu zu machen?

1) S. Marmontels *quatre flacons.*

So widersinnig als es klingt,
Versetzt er mit gesenkten Blicken,
So wahr ist's doch: was mir ihr Bild vor Augen
       bringt,
Ein Zug von ihr, ein Blick, ein Augennicken
Wie Prokris nickt, setzt flugs mich in Ent-
       zücken;
Und reitzend, Göttin, wie du bist,
Konnt' Amorn diese Hinterlist
Nur gar zu leicht, zumahl im Dunkeln, glücken.
Allein bey kälterm Blut und hellem Sonnen-
       schein
Soll Venus selbst nicht fähig seyn
Noch einmahl mich so sträflich zu berücken!

   Die Göttin wendet lächelnd ein,
Was einst geschehen sey, das könne mehr ge-
       schehen.
Sie hofft umsonst! Er schwört ihr Stein und
       Bein,
Sie niemahls mehr für Prokris anzusehen.

   Und meinst du, fragt sie ihn, daſs ihre Ge-
       gentreu
Der seltnen Groſsmuth würdig sey,
Ihr einer Göttin Gunst zum Opfer darzubringen?
Du kennst nun, dächt' ich, Amors Schlingen!

Frau Prokris hat ein zärtlich Herz;
Ein zärtlich Herz läfst sich bezwingen;
Und schirmt' es auch ein Thurm von Erz,
Wohin kann nicht ein goldner Regen
   dringen?

Seyd unbesorgt, erwiedert unser Held:
Ihr würde selbst vom Zevs vergebens nach-
   gestellt.
Ich kenne sie; sie würd' in ihrem Leben
Auf einen andern Mann (und wär' es ein
   Adon)
Sich keinen Seitenblick vergeben.
Der Götterfürst regiert auf seinem Thron
Nicht ruhiger, als ich in ihrem Herzen.

Du bist ein Sohn des Glücks, versetzt Ti-
   thonia,
Und ferne sey's von mir, sie bey dir anzu-
   schwärzen!
Allein, erinn're dich was kaum dir selbst
   geschah.
Gelegenheit, mein Freund, und Jugend
Sind immer ihrem Falle nah.
Wie oft geschah es schon dafs sich die strengste
   Tugend
Zu schwach zum Widerstande sah?

Zum Glück war eben kein Versucher da:
Allein man spielt nicht allezeit mit Glücke;
Und Unschuld, die nichts böses denkt noch
           scheut,
Fällt öfters blofs aus Sicherheit
In Amors unsichtbare Stricke.

Aurora, die mit Kenntnifs sprechen kann,
Spricht so beredt vom süfsen Gift der Sünde
Und unsrer Fehlbarkeit, giebt ihm so viele
           Gründe,
Und führt so manches Beyspiel an,
Dafs ihr die List gelingt. Der Mann fällt in
           Gedanken.
Er staunt mit unterstütztem Haupt,
Und staunt so lange, bis er Prokris fähig
           glaubt,
Wo nicht zu fallen, doch zu wanken.
Die Eifersucht, ein Übel, das er nie
Bisher gekannt, verwirrt schon sein Gehirne;
Es schwindelt ihm, es schwanken ihm die Knie,
Er reibt sich die gerümpfte Stirne,
Und seine kranke Fantasie
Zeigt ihm bereits in einer dunkeln Grotte,
Bey Lunens ungewissem Licht,
Was jeder kluge Mann dem Gotte

Von Delfi selbst nicht glaubt, das schrecklichste
Gesicht!
Diefs schwindet zwar, doch seine Unruh nicht.
Es bleibt doch möglich, dafs sie fehle.
Wie manche fiel! Wird Prokris wohl allein
Vom Reitz verbotner Frucht nicht zu ver-
suchen seyn?
Vielleicht — diefs foltert seine Seele:
Es koste was es will, er mufs beruhigt seyn!

Die Göttin spricht: In solchen Fällen
Pflegt man zu befs'rer Sicherheit
Oft gute Freunde anzustellen;
Doch mancher hat es sehr bereut.
Nimm (fährt sie fort, und zieht vom kleinen
Finger
Ein Reifchen ab) nimm diesen Talisman!
Er macht dich fremd, unkenntlich, älter, jünger,
Zum reichsten oder schönsten Mann,
Zu was du willst; ein Wunsch, so ist's gethan!
Du kannst nun selbst die Probe machen.
Hält sie sich gut, so opfre ja dem Glück;
Wo nicht, so bleibt doch nichts an deiner Stirn
zurück,
Und wenn du weinst, so wird doch niemand
lachen.

Mein Cefalus geht alles willig ein,
Bedankt sich, küſst die Hand, doch macht er
        wenig Worte,
Und wünscht aus diesem Zauberorte
Nur schon daheim zu seyn.
Er eilt hinweg, sieht vor der goldnen Pforte
Ein rosenfarbnes Pferd gesattelt und gezäumt,
Steigt auf, und trabt davon, als hätt' er viel
        versäumt.

Frau Prokris saſs indeſs, nach ihres Lan-
        des Sitten,
Wie beym Homer Kalypso, mitten
In einer hübschen Mädchenschaar,
Worin sie (nach Gebühr) als Frau die Schönste
        war.
Die spinnt, die andre zwirnt, die wirkt, und
        jene sticken.
Die Dame selbst ist emsig dran,
So künstlich als man sticken kann,
Minerven zum Geschenk ein Schleiertuch zu
        sticken.
Homer erzählte gleich mit groſsem Wörter-
        pracht
Was sie darauf gestickt, als: Sonne, Mond
        und Sterne,
Den Pol, der Götter Sitz, und in der tiefsten
        Ferne

Den Erebus, ja gar die alte Nacht;
Das feste Land, ringsum verschlossen
Vom Vater Ocean, und Luft und Berg und Thal,
Und eine schöne Flur vom Sonnenschein um-
    flossen,
Und einen Hain, wo Vögel ohne Zahl
Die liederreichen Kehlen stimmen,
Und Nymfen, die mit halb entblöfstem Leib
In scherzendem Gewühl auf blauen Wellen
    schwimmen,
Und einen Hirtentanz, und, wenn die Sterne
    glimmen,
Im dunkeln Busch der Faunen Zeitvertreib.
Dann wie im Herbst durch falbe Traubengärten
Der Weingott zieht, und mit zerstreutem Haar
Die Mänas, und mit taumelnden Geberden
Der Satyrn ungezähmte Schaar,
Die tanzend um den Wagen schweben,
Und wie sie den Silen, der fiel,
Laut lachend auf den Esel heben;
Und, halb versteckt im Laub der Reben,
Der Liebesgötter loses Spiel:
Diefs und wohl zwanzigmahl so viel,
Was in der Stadt, im Tempel, auf den Gassen
Und auf dem Feld begegnen kann,
Das würde sie der gute alte Mann,

Der gar zu gerne mahlt, recht zierlich sticken
lassen.
Doch was ihm ziemt, steht andern selten an.
Genug! Frau Prokris saſs und stickte,
Als sich — ein Herr Amfibolis,
Dem stracks die Gunst der Kammernymfe
glückte,
Bey Ihrer Gnaden melden lieſs.

Ihr erster Einfall war den Fremden abzu-
weisen;
Allein das Mädchen läſst nicht ab:
„Er ist ein feiner Mann, und kommt ganz frisch
von Reisen
Mit einem Auftrag her, den unser Herr ihm
gab. “

Man läſst ihn also vor, hört seinen Auftrag an,
Dankt ihm, entschuldigt sich, und läſst ihn wie-
der gehen.
Das Schlimmste war dabey, daſs man
Ihn kaum ein einzigs Mahl nur flüchtig ange-
sehen.

So sehr er sich beym ersten Blick
Des Mädchens Gunst erwarb, so muſs man
doch gestehen,
Daſs seine Mien' ihm dieses schnelle Glück

Vermuthlich nicht verschafft; denn Herr A m f i-
bolis
War in der That bey weitem kein N a r c i ſ s,
Und auch der jüngste nicht — ein Seemann,
stark von Knochen,
Rasch wie sein Element, in Reden kurz und
rund,
Plump von Manier, und gar nicht ausgestochen,
Groſsnasig überdieſs, und gröſser noch von
Mund.

Die Damen schütteln ihre Köpfe? —
Geduld! ich sag' es ja, schön war er nicht:
Allein, er hatte was, das in die Augen sticht;
Er hatte was, womit ein Karnevalsgesicht
Die Schönsten — schüttelt nur die Köpfe!
Die Schönsten unter euch dem Amor selbst ent-
führt,
Was manchen Höcker deckt, und ekelhafte
Kröpfe
Mit Grazien und Liebesgöttern ziert;
Kurz, das, wodurch ein G n o m oft zum A d o-
n i s wird,
Er hatte G o l d, und was dazu gehöret,
Juwelen, Perlen, Diamant,
Smaragd, Rubin, so viel als hätt' in seiner Hand
Sich was er nur berührt in Edelstein verkehret.

Mit solchen Waffen hielt mein Herr Amfi-
                    bolis
Sich eines schnellen Siegs gewiſs.
Er überströmt mit einem Perlenregen
Das ganze Haus, und kauft sich jedes Herz;
Sie wallen ihm und seinem Gold entgegen:
Nur Prokris kann er nicht bewegen,
Nur Prokris bleibt, zu ihres Mädchens
                    Schmerz,
Beym Glanze Persischer Guineen
So kalt, als wie bey seinem plumpen Flehen.

Hans La Fontain, nun sagt mir noch
                    einmahl,
Der Kassenschlüssel sey der Schlüssel
                zu den Herzen!
Meint ihr, es gelte nur, ohn' Ausnahm', ohne
                    Wahl,
Das schöne Volk so häſslich anzuschwärzen?
Von Wäscher-Nymfen, gut, da geb' ich alles zu;
Die sind in Rom und selbst in Kambalu
So feil als in Paris! — Auch geb' ich
                    (ungern) zu,
Daſs hier und da gelddürft'ge Spielerinnen
An Zahlungsstatt das Herz sich lassen abge-
                    winnen;

Sogar daſs manche, die von Berg und Thal
sich schreibt,
Wenn alte Richards ihre Bitten
In blankem Gold ihr vor die Füſse schütten,
Aus — Ekel zwar sich eine Weile sträubt,
Doch selten unerbittlich bleibt;
Auch das gesteh' ich ein. — Allein so dreist
zu singen,
Die Beste lasse sich zur Übergabe zwingen:
Das nenn' ich Felonie! das schmäht
Zugleich der Schönen Ruhm und Amors
Majestät.

Das Beyspiel kann statt tausend andrer
dienen,
Das hier die schöne Prokris gab.
Der Seemann liest in ihren stolzen Mienen,
Daſs einem Mann wie Er hier keine Myr-
ten grünen;
Und weil's nicht anders ist, so sucht er seinen
Stab,
Packt seinen Kram von Perlen und Rubinen
Hübsch wieder ein, und führt sich ab.

Er geht davon, in seinem Herzen
Vergnügter als im trüben Blick:

Allein, von Freuden und von Scherzen
Umflattert, kommt er bald — als Seladon
    zurück.

Herr Schuhmann, [2] mahlen Sie zu die-
    ser Fyllis Füfsen
Uns einen hübschen Knaben hin:
Ein rund Gesicht, wie einer Schäferin,
Hellbraunes Haar, ein glattes Kinn,
Ein schwarzes Aug' und einen Mund zum
    Küssen;
Schlank von Gestalt, geschmeidig, zierlich,
In allen Wendungen so reitzend als natürlich,
Wie Zefyr leicht, und schmeichelhaft und dreist
Wie ein Abbé — kurz, schön als wie gegossen,
Und um und um von diesem Reitz umflossen,
Von diesem Glanz, von diesem Jugendgeist,
Den Winkelmann uns am Apollo
    preist. —
Wie schön er ist! Man mufs ihn gerne sehen!
Die Augen zu, ihr Mädchen, lauft davon!
Hier ist Gefahr! — Ihr lächelt, und bleibt
    stehen?
Wohlan so guckt — es ist mein Seladon.

2) Eine ironische Aufforderung eines ehmahligen
Hofmahlers zu W**.

Der Weise nur, wenn wir der Stóa
glauben,
Ist schön und voller Reitz; nur Er ist grofs
und frey,
Hochedel, hochgelehrt, ein Krösus noch
dabey,
Und ein Monarch, so gut als Uzim-
Oschantey:
Doch bey den Stoikern in Hauben
Ist dieser Lehrsatz — Ketzerey.
Was jene uns von ihrem Weisen prahlen,
Das legen sie — dem Schönen bey.
Sey schön, ich meine schön zum Mahlen,
Ein Seladon, und, auf mein Ehrenwort,
Sie schicken dir zu Lieb' den Zoroaster
fort!
Du machst beym ersten Blick die Herzen unter-
thänig,
Bist weise, tapfer, edel, ja, (wie dort
Astolfens Zwerg beym Ariost) ein
König,
Wo nicht der Könige, doch oft der Köni-
ginnen. —
Sie läugnen's zwar; allein das irrt mich wenig;
Was Herz und Mund verhehlt, läfst oft ihr
Aug' entrinnen.

Mein Seladon gefällt aufs erste Mahl;
Beym zweyten pocht schon was im reitzen-
        den Oval,
Das, sittsam um und um verdecket,
Sich in gewebte Luft vor seinem Blick ver-
        stecket;
Beym dritten wird sie oft zerstreut,
Und Seufzerchen, wie Liebesgötter,
Entschlüpfen ihr, vielleicht aus Bangigkeit,
Denn, (wie die Kronik sagt) war's um die
        Rosenzeit
Und diesen Tag sehr schwüles Wetter;
Am vierten wundert Prokris sich,
Daß sie nicht Anfangs gleich bemerket,
Wie sehr er ihrem Manne glich;
Am fünften wird ihr Ohr noch mehr hierin
        bestärket,
Indem er seine Liebespein
Zu ihren Füßen klagt.   Nichts kann so rüh-
        rend tönen,
Und nichts dem Ton, worin einst Cefalus sein
        Sehnen
Ihr vorgegirrt, so ähnlich seyn!
Und kurz, nach sieben vollen Tagen
Kam — eine Nacht, und diese Nacht verging
Schon halb, als Seladon sich bebend unterfing,
Den ersten Kuß auf ihren Mund zu wagen.

Ah! welch ein Kuſs, indem sie sich bemüht
Ihm zu entfliehn und doch ihm nicht entflieht!
Wie blinkt ihr Aug'! wie süſse Seufzer regen,
Da sich zugleich vor holder Scham und Lust
Dieſs Auge schlieſst, die halb enthüllte Brust,
Und hauchen ihm den Geist der Lieb' entgegen!
Ihr Götter! — Seladon! Was kann
Solch eine Wonne — Wie? du fährst ergrimmt
     zurücke?
Wie glücklich, ruft er, wär' in diesem Augen-
     blicke
Ein jeder andrer — als dein Mann!

 Kein Donnerkeil, der an der Gattin Seiten
Den besten Jüngling schnell zu Asche macht,
Sie leben läſst — sie, die nun jede Nacht,
Sonst nur gestört von seinen Zärtlichkeiten,
Mit seinem Schattenbild und ihrem Schmerz
     durchwacht;
Kein Wolkenbruch, der wild und ungehemmt
Ein sichres Thal schnell rauschend über-
     schwemmt;
Kein Stoſs, der Rhea's Riesenglieder schüttelt,
Kein Sturm, der Meer und Luft, Olymp und
     Acheron
Im Wirbel faſst und durch einander rüttelt,
Ist schrecklicher als unser Seladon

Im Augenblick da er verschwindet,
Und Prokris ihren Mann in ihrem Buhler
findet.

Was, meint ihr, kann ein Weib von zärtli-
chem Gemüth,
Das unverhofft sich so gefangen sieht,
Was kann es thun, was kann es sagen? —
Nichts sagte sie — schwoll gleich von Scham
und Grimm
Ihr stolzes Herz, indem sein Ungestüm
Mit einer Flut von ungerechten Klagen
Sie übergofs. Was helfen Gegenklagen?
So sehr sie auch durch eine Hinterlist,
Die Zärtlichkeit und Treu beleidigt,
Dazu berechtigt ist.
Ihr Frauen, die ihr euch ein wenig schuldig
wifst,
Glaubt mir, dafs Schweigen oft weit sicherer
vertheidigt,
Als was der schönste Mund zu sagen fähig ist.
Die feine Lobred' anzuhören,
Die er ihr hält, das würde (wie ihr däucht)
Ihm wenig Trost, Ihr wenig Lust gewähren.
Sie nimmt daher den kürzern Weg — sie
weicht,
Schiefst einen Blick, der alle Liebesgötter

Aus ihren schönen Augen scheucht,
So einen Blick, als ob ein Donnerwetter
Ihm in die Seele schlüg', auf Cefaln und —
                entfleucht.

    Kaum ist sie fort, und nirgends zu erfragen,
So wechselt Cefalus die Tonart seiner
                Klagen,
Und alles wird nunmehr in anderm Licht
                gesehn.
Er sieht sein Weibchen nun nicht ungetreu, nur
                schön,
Nur liebenswerth; und unter jenen Bildern,
Die sein verlornes Glück ihm schildern,
(Den Schatten mancher süfsen Nacht
Worin sie ihn den Göttern gleich gemacht)
Vergäfs' er bald, dafs diese holden Augen
Dem schönen Seladon gelacht,
Und einen fremden Mund verwegen g'nug
                gemacht,
Aus ihrem Mund Ambrosia zu saugen.

    „Doch wie? zu rascher Cefalus!
Worin bestand denn ihr Verbrechen?
Zürnst du auf deinen eignen Kufs,
Und willst an ihr und an dir selber rächen,
Was du als Seladon gethan?

Du sprichst, sie sah mich doch für einen
andern an.
Wie? ist dir denn die Macht der Sympathie
verborgen?
Grausamer! frage jenen Morgen,
Da dir (so leicht ihr Rosenhaar
Dir den Betrug verrieth) Aurora Prokris
war!
Dort war's die Fantasie, was deinen Sinn ver-
führte,
Und eine fremde Frau mit Prokris Reitzen
zierte:
Hier war es mehr als Wahn und Ähnlichkeit,
Du selbst warst Seladon. Du suchtest sie
zu trügen,
Nicht Prokris sich; ein grofser Unterscheid!
Und doch gelang dir's nur — ihr Auge zu
belügen,
Nicht ihre Zärtlichkeit:
Selbst unter den geborgten Zügen
Entdeckte dich ihr Herz; ihr Auge wandte sich
Von Seladon, ihr Arm umfafste dich.
Betrogner Cefalus! was hat sie denn verbrochen?
Die Allgewalt der Sympathie
Zog sie in deinen Arm — und du bestraftest sie?
Doch, du entbehrst sie nun, und Prokris ist
gerochen. "

So denkt er itzt, wenn Einsamkeit und Nacht
Der Schönen Flucht ihm unerträglich macht.
Er zehrt sich ab mit Sehnsucht und Verlangen,
Sucht sie des Tags, so weit sein Fuſs ihn trägt,
Und wenn er Nachts an einen Baum sich legt,
Glaubt er im Traume sie zu finden, zu um-
     fangen,
Und wüthet schier wie Roland, wenn, erwacht,
Der Morgen ihm den Irrthum sichtbar macht.

Man sagt, wer immer sucht, findt allezeit
    am Ende
Dieſs oder das, und oft noch mehr
Als er gesucht. Indem er weit umher
Das Land durchstreicht, läuft ihm von ungefähr
Die schönste Dryas in die Hände.
Es wallt ihr langes Haar, so schwarz wie
    Vogelbeer,
Um Schultern die den Schnee beschämen,
Und was ihr Kleid, gebläht vom losen West
Und bis ans Knie geschürzt, dem Jüngling sehen
    läſst,
Ist fähig Herzen von Asbest
Die Unverbrennlichkeit zu nehmen.
Selbst Cefalus, den seit der Prokris Flucht
Nichts mehr gerührt, fühlt dieſsmahl sich ver-
    sucht;

Die Sympathie spielt ihre Spiele wieder:
Doch wehrt er sich, glitscht so geschwind er
kann
Vom Hals zum Knie, vom Knie zur Ferse
nieder,
Schnappt erst nach Luft, und redet dann
Mit halb geschlofsnem Aug' die Schöne stot-
ternd an:

Du, wo nicht Artemis, doch ihrer Nym-
fen eine,
(Denn so verkündigt dich die göttliche Gestalt)
O, zeige mir den Aufenthalt
Der besten Frau, um deren Flucht ich weine!
Vielleicht dafs sie in irgend einem Haine
Zu deinen Schwestern sich gesellt!
O nenne mir, bey dem was in der Welt
Dein liebstes ist! den Ort, der sie mir vorenthält;
So soll, von Marmor aufgestellt,
Dein schönes Bild, mit Blumenkränzen
Alltäglich frisch bekränzt, in meinem Garten
glänzen!

So sagt er, wirft sich vor ihr hin,
Und will ihr weifses Knie umfassen;
Allein die schöne Jägerin,
Zu sittsam es geschehn zu lassen,

Entschlüpft ihm lächelnd aus der Hand,
Winkt ihn zurück, und spricht: Mein jungfräu-
        licher Stand
Erlaubt mir nicht die Ehre anzunehmen,
Die mir dein Eifer zugedacht.
Doch höre auf um Prokris dich zu grämen!
Ich bin erfreut, daſs mich der Zufall fähig
        macht
Dir einen Dienst zu thun. Zwar sollt' ich
        Anstand nehmen.
Sie steht in unserm Schutz. Sie hat auf Le-
        benszeit
Der keuschen Göttin sich geweiht,
Und schwor, auf ewig dich zu meiden.
Das mag sie auch! Genug, mich rührt dein
        Leiden:
Ihr andern habt ich weiſs nicht was, das euch
Gefährlich macht, ich will es nur gestehen;
Mir schmilzt das Herz von euern Thränen
        gleich;
Kurz, folge mir, du sollst sie sehen.

   Mein Cefalus fällt ganz entzückt
Zum andern Mahl zu ihren Füſsen,
Vergiſst aus Dankbarkeit schon wieder was
        sich schickt,
Und drückt ihr Knie mit feuervollen Küssen.

Doch schnell besinnt er sich — der Thor!
Indem die reitzende Rosette
(So hiefs man sie im Nymfenkor)
Es selbst beynah' vergessen hätte.
Er bebt, zieht Mund und Arm zurück,
Und sucht beschämt in ihrem Blick
Den Zorn, den er — vielleicht dadurch ver-
　　　　diente
Dafs er zu viel und auch zu wenig sich
　　　　erkühnte.

Du zauderst? ruft ihm, da er zittert
Und unentschlossen scheint, halb lächelnd,
　　　　halb erbittert,
Rosette zu: steh' auf und folge mir;
Die Schöne, die du suchst, ist nicht sehr weit
　　　　von hier.

Er dankt, und folgt durch tausend krumme
　　　　Pfade
Der schalkhaft lächelnden Dryade.
Ihm klopft sein Herz zugleich vor Angst und
　　　　Lust.
Wie freut er sich, an seine treue Brust
Das lang' entbehrte Weib zu drücken!
Wie schmiegt er sich vor ihren strengen Blicken
Im Geiste schon! Mit welcher Zärtlichkeit

Will er auf seinen Knien sie um Vergebung
flehen!
Er schwört ihr zu, nicht eher aufzustehen,
Bis der Begnadigung, womit sie ihn beglückt,
Ihr süfser Mund das Siegel aufgedrückt.

Mit diesen zärtlichen Gedanken
Langt Cefalus und seine Führerin
An einer Grotte an, um die des Weinstocks
Ranken,
Waldlilien und düftender Schäsmin
Ein leicht gewebtes Gitter ziehn.
Hier schleiche (lispelt ihm Rosette)
Dich still hinein; du findest sie, ich wette,
Vom Bad erfrischt auf ihrem Ruhebette,
In einem Augenblick vielleicht
Worin sie selbst dich hergewünschet hätte,
Und wo man insgemein uns mit Erfolg
beschleicht.

Mein Held gehorcht, und findet (wie Rosette
Ihm vorgesagt) Frau Prokris auf dem Bette
In süfsem Schlaf. — Doch Götter! welch Gesicht!
Hat ihn das Angesicht der gräfslichen Medusen
Versteinernd angeblitzt? Wie? er bewegt sich
nicht?

Er steht erstarrt? Was zeigt ihm denn das
Licht
Das hier die Nacht zu holder Dämm'rung
bricht?
Was sieh'st du, Cefalus? — O, schreckli-
ches Gesicht!
Ein Jüngling — ruht an ihrem Busen.

Wie wohl ein solcher Anblick thut
Will ich die Männer rathen lassen.
Nicht jeder weiſs wie Dandin sich zu fassen.
Der arme Mann! ihm stockt sein Blut,
Ihm starrt das Haar; er will die Arme regen,
Will schreyn, und kann vor Schrecken und
vor Wuth
Die Arme nicht, die Zunge nicht bewegen,
In dieser Noth thut ihm sein Aug' allein,
Wiewohl zu desto gröſsrer Pein,
Den letzten Dienst. Er starrt mit Schrecken
Den Jüngling an, und glaubt — o Zufall!
o Natur!
Ein andres Selbst, doch ein geborgtes nur,
In diesem Jüngling zu entdecken.

Er irrte nicht: es war derselbe Seladon,
Von dem er jüngst Gestalt und Reitze borgte;

Der schönste Hirt, schön wie Endymion,
Der, da mein Cefalus nichts weniger
besorgte,
Frau Prokris (die er sich seit ihrem Nym-
fenstand
Zur Herzenskönigin erkohren)
Zu seinem Sieg schon vorbereitet fand.
Betrogner! durch dich selbst, durch dich gehst
du verloren!

„Verwünschte Eifersucht! verfluchter Ta-
lisman!
Was für ein Dämon trieb dich an,
In Seladons Gestalt durch tausend Zärtlich-
keiten
Dein ehrlich Weib zur Untreu zu verleiten?
Wer zweifelt wohl, du albernes Gesicht,
Daſs Glas und Unschuld leicht zerbricht?
Bey beiden braucht es keine Proben:
Sie werden nur, weil sie zerbrechlich sind,
Mit gröſsrer Sorgfalt aufgehoben.
Frau Prokris war ein gutes Kind,
Die Unschuld selbst, und wär' es auch
geblieben:
Du, du verriethest sie dem wahren Seladon;
Du lehrtest sie in andern dich zu lieben!
Sie lernte gut, du siehst die Frucht davon!“

So flüstert itzt das strafende Gewissen
Dem Selbstbetrognen zu: doch (wie es immer
          geht)
Kommt nach der That die Reu auch hier zu
          spät.
Was soll er thun? Sie ruhn von ihren Küssen
So reitzend aus! Es wäre Grausamkeit,
Den süßen Schlaf der Glücklichen zu stören.
Soll er die Billigkeit, soll er die Rache hören?
Es kostet Müh' und innerlichen Streit;
Doch siegt zuletzt die Zärtlichkeit,
Und schmelzt den Grimm in wehmuthsvolle
          Zähren.
Fast athemlos wirft er den letzten Blick
Auf das geliebte Weib und sein verlornes
          Glück;
Sieht sie — ihr Götter! welch ein Blick!
In fremdem Arm so sanft, so lieblich schlafen;
Sieht's, ächzet laut, und flieht zurück,
Sein Unglück — an sich selbst zu strafen.

Nicht ferne von dem Ort, aus dem er
          wüthend lief,
Verbreitet sich, umkränzt mit Myrtenhecken,
Ein kleiner See, hell wie Krystall, nicht tief,
Doch tief genug die Nymfen zu verstecken,
Die oft, bey lauer Abendluft,

Die Dämmerung zu jungfräulichen Scherzen,
Und, wenn sie sicher sind, zum frischen Bade
    ruft.
Hier sucht mein Cefalus das Ende seiner
    Schmerzen
In einem feuchten Tod. Verzweifelnd, ohne
    Sinn,
Sieht er zum letzten Mahl noch auf die Grotte
    hin,
Drückt dann die Augen zu, und stürzt sich
    in die Wellen.

Wie wunderbar in seinen Fällen
Das Schicksal ist! Der Kampf des Tages und
    der Nacht
War noch nicht lang', als diefs geschah,
    geendet.
Aurora, die bereits den frühen Lauf voll-
    bracht,
Erblickt, da sie den Wagen wendet,
Den kleinen See, und findet ihn bequem.
Sie denkt, hier wär' ein Bad ganz angenehm;
Steigt ab, entladet sich von Schleier, Rock und
    Mieder,
Und überläfst die Rosenglieder
Der buhlerischen Flut. — Das dachtest du wohl
    nicht,

Du guter Cefalus, daſs deiner ird'schen
          Bürde
Aurora selbst die letzte Liebespflicht —
In ihrem Arm — erstatten würde?

Sein Fall erschreckt ihr lauschend Ohr
Sie schwingt sich aus der Flut empor,
Sieht, und erkennt, indem sie siehet,
Den alten Freund, der schon den letzten Athem
          ziehet.
Die dringende Gefahr macht, daſs sie itzt
          vergiſst,
Wie wenig er verdient, daſs sie so gütig ist.
Sie schwimmt hinzu, trägt ihn mit eignen
          Armen
In eine Grotte hin, wo ihm das weiche Moos
Zum Bette wird, setzt ihn auf ihren Schooſs,
Und läſst sein kaltes Herz an ihrer Brust
          erwarmen.

Das Mittel hilft.   Sie fühlet bald
Daſs etwas noch in seinen Adern wallt,
Sieht seine Wangen sich mit neuen Rosen
          färben,
Und küſst ihn bald ins Leben ganz zurück.

Zum Mahlen wäre das ein hübscher Augen-
blick;
Hier könnt' ein Boucher Ruhm erwerben!
Er öffnet halb den neu belebten Blick,
Erkennt Auroren, sinkt an ihre Brust zurück,
Nicht vor Verzweiflung mehr, vor Dankbarkeit
zu sterben.

KOMBABUS

ODER

WAS IST TUGEND?

EINE ERZÄHLUNG.

VORBERICHT.

Dieses Gedicht war die Frucht einiger genialischen Stunden im Jahre 1771. Der Hauptstoff ist aus Lucians Nachrichten von der Syrischen Göttin genommen, und die Vergleichung zwischen der Legende vom Kombabus, welche Lucian aus dem Munde der Priester zu Hierapolis erzählt, und dem was unser Dichter daraus gemacht, ist nun einem jeden, der dazu Lust und Muſse hat, um so leichter, da die neueste Übersetzung der Werke dieses anmuthigen Schriftstellers überall in Deutschland zu finden ist. Es giebt vielleicht unter allen Mährchen in der Welt keines, das alles, was eine poetische Erzählung interessant machen kann, in einem höhern Grade in sich vereinigte als dieses alte Syrische Mährchen von Kombab. Aber, um ihm das höchste Interesse, dessen es fähig war, zu geben, muſste es nicht nur mit Zucht und Delikatesse, ohne alle Leichtfertigkeit erzählt werden; sondern es war auch nöthig, dem Kombab einen edlern Beweggrund zu seiner aufserordentlichen That zu geben, als Lucian in seiner Erzählung thut. Sie mufste eine Heldenthat seyn; und diefs konnte sie nur dadurch werden, dafs sie die Wirkung eines ganz uneigennützigen Triebes war, und dafs Kombab ein Opfer, das einen so schweren Grad von Selbstverläugnung erforderte, nicht der Furcht für sein Leben, sondern dem Gefühl seiner Pflicht, der Tugend, brachte.

Ein ungenannter Französischer Poet, dessen Kombabus mit dem unsrigen ungefähr zu gleicher Zeit ans Licht trat, dachte hierüber anders. Ohne alles Gefühl für die Schönheit dieses in seiner Art einzigen Sujets, machte er eine Erzählung im Geschmack Grecours daraus, — und reinigte dadurch wenigstens sich selbst und den Deutschen Dichter von allem Verdacht, dafs einer von ihnen den andern nachgeahmt habe.

KOMBABUS.

Die Tugend ist, wenn wir die alten Weisen
           fragen,
Ich weifs nicht was — Lafst's euch von
           ihnen selber sagen!
Dem einen Kunst, dem andern Wissenschaft,
Dem ein Naturgeschenk, dem eine Wunder-
           kraft;
Der Weg zu Gott, nach Zoroasters Lehren;
Der Weg ins Nichts, nach Xekia's Schimären.
Sie ist, spricht Pyrrho, was ihr wollt;
Und mir, schwört Seneka, noch theurer —
           als mein Gold;
Sie ist der wahre Stein der Weisen,
Macht einen Irus reich, macht schwere Ketten
           von Eisen

V. 11 — 25.

Wie Blumenketten leicht, und (was kaum
    Circe kann)
Den Krates zum Adon, Diogenes zum
    König! —
Doch wohl im Traume nur, ruft Spötter
    Lucian.
Der Weise von Stagyr setzt seinen Zir-
    kel an:
„Zieht (spricht er) mitten durch zu viel
    und durch zu wenig
Die Linie A B, so scharf und so gerad
Ihr immer könnt! — sie ist der nächste Pfad
Zu ihrem Zauberschloſs! nur hütet euch vorm
    Fallen!"

Herr Doktor, (ruft der Mann, der Alex-
    andern bat
Ihm aus dem Licht zu gehn) den mögt
    ihr selber wallen!
Ich danke meines Orts! Wir schlendern, wo
    Natur
Voran geht, mit: es geht gewöhnlich nur
Der Nase nach; und glitscht ihr auch zuweilen,
Was thut's? ihr fallt doch nicht so tief wie
    Ikarus,
Und braucht kein Pflaster die Rippen zu heilen.

V. 26 — 42.

Getroffen! (singt, berauscht von junger Nymfen
Kuſs
Und altem Wein, der W e i s e von C y r e n e)
Die Tugend lieb' ich sehr! Sie ist die gefälligste
Schöne,
Und wer sie finster mahlt, der ist mein Mah-
ler nicht!
Sie macht uns Vergnügen und Freude zur
P fl i c h t,
Und deckt den Lebensweg mit Rosen —
Falsch, falsch! (ruft Prodikus) das wär' ein fei-
ner Weg
Uns in den Labyrinth zu führen,
Worin (zumahl berauscht) die Klügsten sich
verlieren!
Im Gegentheil, es ist ein schmaler, rauher Steg,
Voll starrer Hecken ohne Rosen:
Wer's anders sagt, der kennt die Wege schlecht!

　　Genug, genug, ihr V i r t u o s e n!
Ihr habt vielleicht auf einmahl alle Recht;
Nur, darf ich bitten, kein Gezänke!
Der große Punkt, worin wir alle, wie ich
denke,
Zusammen treffen, ist: E i n e c h t e r B i e d e r-
mann

V. 43 — 59.

Zeigt seine Theorie im Leben.
So schön und gut sie immer heifsen kann,
So wollt' ich keine Nufs um eure Tugend geben,
Wofern sie euch im Kopfe sitzt.
Warum, lafst euch den Oheim Toby sagen
Und Trim, den Korporal! — Für itzt
Sey mir (mit allem Respekt vor euren Bärten,
                              Kragen,
Kaputzen, Mänteln, Bireten, und allem Zugehör
Der Sapienz) erlaubt, euch aus der prakti-
                              schen Sfär'
Ein klein Problemchen vorzutragen!
Der Fall, geehrte Herr'n, ist der!

                    *

    Ein König, der den Antilibanus
Vordem beherrscht', und dessen Nahme
Uns nichts verschlägt, ¹) — (genug es war ein
                              Nahm' in us)
Besafs ein seltnes Glück — in seiner ehlichen
                              Dame
Cytherens Jugend und Reitz, mit strenger Tu-
                              gend vereint,
Und ein noch seltners, — einen Freund.

V. 60 — 76.

Ein König einen Freund? Den kann kein
König haben,

Sagt dort Diogenes zu Filipps großem
Sohn:

Allein der unsre macht hiervon,

Zu seinem Glück, die Ausnahm' in Kombaben.

Schön, wie gesagt, und gut war seine
Königin,

Im ersten Jugendglanz schon weise,

Und zärtlich überdieß wie eine Schäferin;

Auch sehr devot, wie dessen zum Beweise

Euch ein Gelübde dient, wodurch sie sich zur
Reise

In ein entleg'nes Reich verband,

Der Göttin, die ins Joch der heil'gen Eh' uns
spannt,

Der Schützerin (doch nicht dem Muster) guter
Frauen,

Den schönsten Tempel aufzubauen.

Der König, ob er wohl nicht von den jüngsten war,

Fand dieß Gelübd' ein wenig sonderbar.

Er gab ihr höflich zu verstehen,

Die Sache könnte wohl durch fremde Hand
geschehen.

V. 77 — 95.

Mein Architekt, Madam, ist ein bewährter Mann.
„Nein, liebster Eh'gemahl! Ich muſs den
Grundstein legen:
Dieſs ist ein Punkt, wovon mich nichts ent-
binden kann;
An unserm Hochzeittag gelobt' ichs heilig an.
Mein armes Herz empört sich zwar dagegen;
Doch, sollt' es auch in Stücken gehn,
Der Göttin muſs und soll genug geschehn!"

Der König stellt' ihr zwar noch manchen
Grund entgegen,
Worauf nicht viel zu sagen war;
Auch setzte sich die Dame der Gefahr
Nicht aus, ihn s c h w a c h zu widerlegen:
Sie hatt' ein Mittel bey der Hand,
Das jede schöne Frau noch immer kräftig fand
Die männliche Vernunft zum Schweigen zu
vermögen;
Sie wurde k r a n k. Der erste Leibarzt that,
Mit allen seinem Amt zuständigen Grimassen,
Den Ausspruch, und bewies aus seinem Hip-
pokrat,
Man müsse sie, da sey kein andrer Rath,
In Junons Nahmen reisen lassen.

V. 96 — 114.

Ein Mann, und sollt' er zehnmahl König seyn,
Kann, wie ihr wifst, in solchen Fällen,
Nichts bessers thun als sich ein wenig blind zu
stellen,
Und giebt mit guter Art sich, wenn er klug ist,
drein.
Der unsre spielt, für einen König,
(Die Herren seiner Art genieren sonst sich
wenig)
Die äufsre Rolle ziemlich gut;
Doch innerlich war ihm nicht wohl dabey zu
Muth.
So eine schöne Frau sich selbst zu überlassen!
Schon der Gedanke macht den guten Herrn
erblassen;
Wiewohl die Frau die Tugend selber war,
So schien die Folge nur zu klar.

Zu viel Erfahrenheit ist ihrem Eigenthümer
Oft hinderlich, zum mindsten an der Ruh.
Ein weiser Mann von sechzig zweifelt immer,
Traut wenig eurer Weisheit zu,
Und eurer Tugend nichts; — und wahrlich
desto schlimmer
Für euch und ihn! — Der gute König sitzt,
Indem er mit der rechten Hand die Stirne

V. 115 — 133.

Ganz sanft sich reibt, auf seinen Arm gestützt

In seinem Sorgestuhl. Sein königlich Gehirne

Arbeitet (eine Müh', die es sich selten gab!)

Ein Mittel aus, sich Ruhe zu verschaffen.

Der Günstling selbst aus seinen Kammer-Affen

Lockt keinen Blick durch seinen Scherz ihm ab.

Auf einmahl ruft er einem Knaben

Im Vorgemach: Man hohle mir Kombaben!

Kombab, sein Freund, ein junger Mann zwar
noch,

Und schöner als Narcifs, jedoch,

Trotz allen Lockungen der Schönheit und der
Jugend,

Ein junger Mann von oft bewährter Tugend,

Kombab, so denkt er, kann in diesem
Fall allein

Der Schutzgeist seiner Ruh' und ihrer Ehre
seyn!

Kombab erscheint, und, ohne dafs wir's
sagen,
Errathet ihr, was ihm der König aufgetragen.

Der arme Liebling stand, wie angedonnert, da,

Und schwieg, und staunt' und hing die Ohren.

Von welcher Seit' er auch den Auftrag übersah,

V. 134 — 150.

Auf allen war er gleich verloren!
Allein was kann er thun? — Sein Freund, sein
König spricht:
„Ich muſs mich von Astarten 2) trennen;
Zwey lange Jahre, Freund! — Wie dieser Au-
gen Licht,
Du weiſst es, lieb' ich sie, und muſs mich von
ihr trennen!
Wem sollt' ich denn, da mich die Königspflicht
Zurück zu bleiben zwingt, sie anvertrauen
können
Als meinem treuen Freund Kombab? —
Auf deine Seele wälzt mein unbegrenzt Ver-
trauen
Die schwerste meiner Sorgen ab;
Dir übergeb' ich sie, die beste aller Frauen!
Sey ihr Beschützer, Freund und Rath,
Und nimm, für deine Treu zum Lohne,
Wenn du zurück sie bringst, die Hälfte meiner
Krone!“

Nun sagt, was konnt' er thun — als was er
schweigend that?
Sich tief bis auf den Boden bücken,
Und unvermögend seyn, sein dankbares Entzücken

V. 151 — 167.

Mit Worten sattsam auszudrücken,
Versprechen, schwören, — kurz, was jeder
Günstling muſs,
Mit Lächeln heuchlerisch des Herzens Kummer
schminken,
Und fliegen, wie Merkurius,
Wenn Zevs beschlossen hat in goldnem Regen-
guſs
In einer Nymfe Schooſs zu sinken.

Kombab entfernet sich. — Wir schleichen
sachte nach,
Zu hören, wie in seinem Kabinette
Der arme Mann sich mit sich selbst besprach.
Er warf sich auf ein Ruhebette
Und seufzt' und weinte laut. — „O Götter, fing
er an,
Was hat Kombabus euch gethan?
O! hätte mich der Fürst zum Günstling nie
erkohren!
Nichts kann mich retten! — ach! nichts, als
was Dolch und Gift,
Was jeden Tod an Grauen übertrifft!"

Hier unterbrachen Thränenfluten
Den Monolog; und da er ausgeweint:

V. 168 — 184.

„Mein König, (fuhr er fort) mein König und
mein Freund,
Was thät’ ich nicht für dich! — Mein Leben
auszubluten
In diesem Augenblick, wär’ eine Kleinigkeit!
Mit Freuden! — Aber ach! die Tugend
mit dem Leben
Zugleich für dich auf einmahl hinzugeben,
Das ist zu viel!“ — Hier wird er wieder
stumm.

„Doch wie? (so denkt er fort) wenn ich zu
schüchtern wäre?
Ich kenne mich, ich bin ein Mann von Ehre,
Und Tugend liebt’ ich stets — Warum
Mir selbst so wenig zuzutrauen?
Gut! — aber auch der Königin?
Sie ist ja wohl die beste aller Frauen,
Ist fromm und keusch wie eine Priesterin;
Doch immer — eine Frau und eine Königin;
Hat Fleisch und Blut wie andre junge Schönen,
Und wird sich, sind nur erst drey bis vier Mon-
den hin,
Von Hymens Trost nicht ohne Müh’ ent-
wöhnen.

X. B.   17

V. 185 — 203.

Ein junges Weib, Kombab, und eine Königin!
Den Fall gesetzt! wie willst du dich betragen?
Verhüten willst du ihn! — Sehr wohl!
Allein, gesetzt
Er käme doch? — denn gut dafür zu sagen,
Wer, der das Herz kennt, dürft' es wagen? —
Gesetzt demnach, du würdest hochgeschätzt,
Man fänd' unschuldiges Behagen
An deinem Umgang — Nach und nach
Gewöhnt man sich, man weiſs nicht wie,
Kombaben
Den ganzen Tag um sich zu haben;
Man wird vertraut, man scherzt, man spielt
im Schach,
Und spricht nicht stets von ernsten hohen
Dingen;
Der Freundschaft öffnet sich sogar das Schlaf-
gemach,
Man braucht sich nicht vor ihr zu zwingen,
Ihr ist kein Ort und keine Zeit
Versagt; kein Argwohn stört der Unschuld
Sicherheit;
Vom strengen Wohlstandszwang befreyt,
Entdeckt einst ungefähr ein Arm von Alabaster,
Ein Busen, der sich halb aus seinen Fesseln
drängt,

V. 204. — 219.

Ein schöner Fuſs, sich dir; und du — bliebst
unversengt?
Das hätte sich selbst Zoroaster
Nicht zugetraut! Und wie, (was nur zu mög-
lich ist)
Wenn sich die Königin vergiſst;
Wenn sie dein Herz, und, kann sie diefs nicht
rühren,
Doch deine Sinne zu verführen,
Nichts unversuchet läſst? Was hälfen dir,
Kombab,
Der längste Widerstand, die schönsten Hel-
denthaten?
Mit jedem Siege nimmt die Kraft zum Sie-
gen ab,
Und endlich wird dich ihr dein eignes Herz
verrathen.
Für dich kämpft Ehr' und Tugend nur,
Ihr helfen Schönheit, Reitz, und Wollust, und
Natur!
Die Übermacht auf Amors Seite
Ist allzu grofs in einem solchen Streite!
Und hättest du noch Kraft zum Widerstehn:
Wirst du sie ungerührt in Thränen schwimmen
sehn?

V. 220 — 235.

Ich kenne dich zu gut! — Du wirst, zu ihren
                Füfsen
Hinsinkend, jede Thrän' aus ihren Augen
                küssen,
Wirst, voll des süfsen Gifts wovon ihr Auge
                schwillt,
Dein wallend Herz an ihren Busen drücken,
Und aufser ihr nichts fühlen, nichts erblicken!
Und dann?" — O rettet mich, ihr Götter! —
                rief er wild,
Und floh schon vor sich selbst, wie einer der,
                vom Schrecken
Des bängsten Traums erweckt, sich ringsum
                eingehüllt
In Flammen sieht, die seine Haare lecken.

Und nun, setzt euch an seine Stell',
Ihr Epikteten, ihr Sokraten,
Und wie ihr alle heifst! was ist dem Mann zu
                rathen?
Was thätet Ihr? Setzt euch an seine Stell',
Und sprecht! — Don Robert Arbrissel,
Wir wissen's, war bey weitem nicht so schüch-
                tern.
Was wir berauscht nicht wagten, wagt' er nüch-
                tern,

V. 236 — 252.

Und merket wohl, er war kein *Maleficiat.*
„Was that denn R o b e r t?“ — Was er that?
Man spricht nicht gern davon; doch könnt ihr
Baylen fragen. 3)
Genug, K o m b a b, der nur ein armer Syrer
war,
Und doch, erlaubet mir's zu sagen,
Die Tugend liebte, gab nicht gern sich in Ge-
fahr;
Und in der That, nicht alle dürfen wagen,
Was Kinderspiel für Bruder R o b e r t war.

Ich scherze nicht; ihr V i r t u o s e n, rathet!
Ihr seht K o m b a b s Verlegenheit.
Vergeſst itzt — was ihr selber thatet,
(Wer zweifelt daſs ihr Menschen seyd?)
Sagt nur, was s o l l in seiner Lage
Kombabus thun, um auſser Furcht zu
seyn,
Im schwächsten Augenblick von einem schwar-
zen Tage
Nicht Keuschheit, Treu und Freundschaft zu
entweihn?
Die Frage, glaubet mir, ist keine leichte
Frage!

V. 253 — 269.

Fliehn soll er, ist der Rath des Klügsten
unter euch; 4)
Der Tugend Streit mit Liebe, Lust und Jugend,
Ist, ihr gesteht's, zu wenig gleich;
„Die Flucht allein gewährt uns unsre Tugend.‟
Gut, das ist leicht gesagt: doch, wär's auch
leicht gethan,
Zum Unglück schlägt der Rath in unserm Fall
nicht an.
Dem armen Mann verwehrt die Pflicht
zu fliehen,
Verwehrt die Treu für seinen Freund und
Herrn
Sich dem gefährlichen Beruf (so gern
Er ihn verbäte) zu entziehen.
Er mufs! — Wohl, ruft aus Einem Mund
Der Kasuisten Kor, — so mach' er einen
Bund
Mit seinen Augen, und wag's! — Auch das ist
schön zum Sagen;
Allein Kombab, der sich vermuthlich fühlt'
Und nichts auf Wagespiele hielt,
Kann auch die Möglichkeit des Fallens
nicht ertragen.
Am schwankenden Erfolg von einem Augen-
blick

V. 270 — 289.

Hängt seine Ruh, sein Ruhm, sein ganzes
Glück,
Sein Leben selbst; denn freylich, wenn er fiele,
Steht nichts geringers auf dem Spiele.
Der Neid im Hinterhalt, die schlaue Eifersucht
Hält tausend Augen auf ihn offen;
Wie könnt’ er seines Lasters Frucht
In Ruhe zu geniefsen hoffen?

Allein, gesetzt auch, dafs um sie
Der Liebesgott die dickste Wolke zieh’,
Ihr Glück so lang’ als ihre Flamme daure,
Und Argus selbst vergebens sie belaure:
So lauscht ein Zeuge, den er nicht
Betrügen kann, in seinem Busen.
Ihn schreckte weniger das tödtende Gesicht
Der schlangenhaarigen Medusen!
Was hälf’ es ihm die Welt zu hintergehn,
Wenn er erröthen mufs in sich hinein zu
sehn?

In dieser äufsersten Gefahr
Stellt seinem Geiste sich ein einzig Mittel dar.
Es ist entsetzlich auszusprechen,

V. 290 — 305.

Allein es sichert vor Verbrechen.

Er geht nicht erst mit Fleisch und Blut zu
Rath;

Tief seufzend wendet er die Augen, nicht zu
sehen

Was seine Hand beginnt. — Sie ist, sie ist
geschehen,

Die heldenmüthige, die große, schöne That!

Ihr, die ein rascher Schwur verpflichtet,

Die schönste Sünderin begierlos anzusehn,

Seht, welchen Zoll Kombab der Tugend hier
entrichtet!

Und müsset ihr euch selbst gestehn,

Dieß sey der nächste Weg dem Satan auszuweichen,

So gehet hin, und thut deßgleichen!

Indessen läuft der Sand der Abschieds-
stunde ab.

Kombab beurlaubt sich. Astartens Tugend spielet

In vollem Glanz. Antiochus empfiehlet

Die Dame seinem Freund — Auf einmahl ruft
Kombab:

Beynahe hätt' ich was vergessen!

V. 306 — 321.

Er fliegt davon, und kommt im Augenblick
Mit einem Kästchen im Arme zurück.
Er fällt dem Herrn zu Fuſs: „Darf sich dein
    Knecht vermessen,
Noch eine Bitte zu thun? Dieſs Kästchen, Herr,
    enthält
Das Kostbarste von allem in der Welt
Was dein Kombab besaſs. Um sicher es zu
    wissen
Leg' ich es hier zu meines Königs Füſsen.
Drück ihm dein Siegel auf, und gönn ihm
    einen Platz
In deinem königlichen Schatz.
Dort mög' es, bis ich einst es wieder fodre,
    liegen!“

 Der König schwört bey seinem grauen Bart,
Es soll den besten Platz in. seinem Schatze
    kriegen;
Und in Kombabens Gegenwart
Drückt er sein Siegel auf. Mit vielen Thränen-
    güssen
Entreiſst Astarte nun sich seinen Abschieds-
    küssen,
Kehrt zehnmahl wieder um, läſst ihr getreues
    Herz

V. 322 — 340.

Nur Einmahl noch an seinem Herzen schlagen,
Und wird zuletzt, halb todt vor Schmerz,
In ihren Palankin getragen.

Nach dreyen Monden kam die hohe Karawan'
An Ort und Stelle glücklich an.
Der Bau beginnt, und geht so gut von Statten,
(Dank sey Kombaben, der das ganze Werk
    regiert)
Daſs, eh' das zweyte Jahr ins dritte sich verliert,
Sie nur den Wetterhahn noch aufzusetzen
    hatten;
Und gleichwohl schien's ein Werk von Göttern
    aufgeführt.

Astarte bleibt, wie zu erachten,
Von unsers Helden Werth nicht lange ungerührt.
Verdienst und Tugend hochzuachten
Ist eine Eigenschaft, die ihres gleichen ziert.
Sein inneres Verdienst entbehrt zwar leicht Ver-
    stärkung
Von aufsenher: allein, da man ihn täglich sieht,
So macht (wiewohl sie sich's zu läugnen sich
    bemüht)
Ihr Auge doch allmählich die Bemerkung,
Kombab, der unvermerkt das Herz ihr abgewann,

V. 341 — 360.

Sey nicht der beste nur, sey auch der schönste
Mann;

So schön, so tadellos vom Kopf bis auf die Füfse,

Dafs, hätt' ein Bildner je diefs Ideal erreicht,

Er ohne Widerspruch der erste Künstler hiefse,

Und jede Göttin ihr verzeihenswürdig däucht,

Die sich von ihm ein wenig lieben liefse.

Und bey so seltnem Reitz, ein Herz

So gut, so sanft, so edelmüthig!

Sein Witz so leicht, so fein sein Scherz!

Kurz, Eines fehlt ihm nur — er ist zu ehrer-
bietig.

(Doch, wie ihr seht, wird dieser Vorwurf ihm

Durch Blicke nur gemacht) — Man soll
in Schranken bleiben:

Allein die Schüchternheit so weit wie Er zu
treiben

Ist grillenhaft. Ein wenig Ungestüm

Ist eher Reitz an Leuten die ihm gleichen

Als Übelstand. — Was braucht er auszuweichen

Wenn ihre Augen sich begegnen? Fürchtet er

Die ihrigen? — Die Antwort war nicht
schwer:

„Er liebt, der arme Mann, und kämpft mit
seinen Trieben!“

Und wenn er liebt, wen kann er lieben

V. 361 — 378.

Als eine Göttin, oder — Sie?

Wie könnt' es anders seyn? Er, der sie spät
　　　　　　und früh

Zu sehen Anlaſs hat, wie wär' er frey
　　　　　　geblieben?

Dieſs klärt ihr alles auf. Er hat den Muth
　　　　　　noch nicht

Sich sein Geheimniſs zu gestehen,

Und wird das Opfer seiner Pflicht.

Daher der Zwang, sie nur verstohlen an-
　　　　　　zusehen,

Das Seufzen, das ihm statt des Athmens ist,

Die Schwermuth seines Blicks, die Blässe seiner
　　　　　　Wangen,

Und diese Wolken, die, so bald er sich
　　　　　　vergiſst,

Um seine schöne Stirne hangen!

Der Irrthum war Astarten zu verzeihn.

Man muſst', um richtiger zu schlieſsen,

Nur in Kombabs Geheimniſs seyn.

Uns, die wir mehr als Sie von seinen Sachen
　　　　　　wissen,

Ist alles klar. Allein, der Orden, den er ziert,

Wird billig niemahls präsumiert.

Sie wuſste übrigens, daſs die Semiramissen

V. 579 — 397.

(Gleich den Göttinnen) sich, wenn sie ein
Schäfer rührt,
Zum ersten Schritt entschliefsen müssen;
Zum zweyten, dritten oft, wofern der Seladon
Vor seinem Glück die Augen zuzuschliefsen
Beharrt. In diesem Stück mufs 'eine Göttin
schon
Den Fehler ihres Standes büfsen.
Indessen giebt's der Wege ja genug
Was man zu sagen hat mit guter Art zu sagen.
Man braucht sich eben nicht gleich förmlich
anzutragen:
Ein Mann von Lebensart, zumahl bey Hof, ist
klug,
Und in der Redekunst der Augen wohl geübet.

Allein beym unsrigen ist alles, was ihr Blick
In dieser schönen Sprach' ihm zu vernehmen
giebet,
Verloren. — „Wunderbar! Was hält ihn noch
zurück?
Er weifs doch sonst so gut zu leben;
Und dächt' er nur ein wenig fein,
So würd' er selbst beflissen seyn
Der Schritte sie zu überheben,
Die eine Frau sich selber zu vergeben

V. 398 — 416.

Stets Mühe hat, wobey Er nichts gewinnt,
Und die für S i e so wenig rühmlich sind.“
Schon spricht sie deutlicher.   Itzt muſs er's
doch verstehen!
Man ist sehr blind nicht durch ein Sieb zu
sehen.
Wenn eine Königin euch Blicke giebt wie Sie,
Die Hand euch drückt, von nichts als Sympathie
Und von der Liebe, die vom Willen
Nicht abhängt, spricht, — für sehr natürlich
hält,
Daſs eine Göttin, wenn auf dieser Unterwelt
Ein C e f a l u s, ein A c i s ihr gefällt,
Sich kein Bedenken macht den süſsen Trieb zu
stillen:
Ich sage, wenn sie euch s o weit entgegen
geht,
Und ihr sie dann noch nicht versteht,
So müſst ihr — wüthende Distrakzionen haben!

Dieſs war nun freylich bey K o m b a b e n
Die Sache, leider! nicht; allein
A s t a r t e konnte das nicht wissen:
An ihrem Platz was kann sie schlieſsen,
Als, eine andere müſs' im Besitze seyn?

V. 417 — 434.

Von diesem Augenblick wird jede seiner
Mienen,
Wird jeder Tritt belauscht und ausgespäht:
Kein wiederkommender Komet
Beschäftigt mehr die wachenden Kassinen.
Ein Finger, den er regt, erweckt ihm schon
Verdacht.
Man weifs wie scharf verliebte Augen sehen,
Wenn Eifersucht sie mikroskopisch macht.
Kein Zauberschatz wird wie Kombab bewacht.
Doch endlich wurde man es müde — Nichts
zu sehen.

Astarte, deren Gluth itzt wieder Luft
bekam,
Zu ihrer ersten Hypothese
Zurück zu gehn genöthigt, glaubt, sie lese
Ganz klar in seinem Gesicht, dafs nichts als fal-
sche Scham
Die Ursach' sey, warum er sich so link benahm.
Ein *Pastorfido* ist das blödste aller Wesen.
Sie sieht, es braucht, den Zauber aufzulösen,
Was aufserordentlichs, und, ihrer beider Ruh
Zu Lieb', entschliefst sie sich, wie wohl nicht
gern, dazu.

V. 435 — 454.

Was bald darauf, im Kabinette

Der Königin, mit ihr und unserm Freund
Kombab

Sich, diesem Schluſs gemäſs, begab —

Es gäb' ein feines Nachtstück ab

Wofern ich Lust zum Mahlen hätte!

Genug, es war ein Sofastück,

Und (wenn ihr euch so weit zurück

Erinnern könnt) Aurora 5) spielt' einst völlig

Astartens Rolle, nur mit etwas besserm
Glück.

Denn ach! Kombabens Stand macht alles
hinterstellig,

Wodurch man (ohne sich zu schmeicheln)
hoffen kann

Zu siegen über einen — Mann.

Kombabus! — In der That die Lage,

Worin er war, empöret die Natur.

Auch fühlt er — was ich euch nicht ohne
Röthe sage —

Nicht für Astartens Tugend nur:

Ach, für ihn selbst gehn seine Augen über!

O Tugend, ruft er aus, welch Opfer bracht' ich
dir!

O! warum nahm ich mir nicht lieber

Das Leben ganz, als ich Betrogner mir — —

V. 455 — 474.

Ach Königin! wie soll, wie kann ich dir
Gestehn, was dein K o m b a b sich raubte? —
Er sah verwildert aus indem er's sprach. Ein
Schrey
Entfuhr der Königin; sie glaubte
Daſs von der Nymfenwuth K o m b a b ergrif-
fen sey.
Allein sie wurde bald aus dieser Angst gerissen.
Wie auſser sich sinkt er zu ihren Füſsen,
Umarmt und drückt was seinen feurigen Küssen
Am nächsten lag, ihr allzu reitzend Knie —
Und wie A s t a r t' aus einer Ekstasie,
Die ihr allmählich sich verschönerndes Gesichte
Mit Wonnelächeln übergieſst
Und wie zu süſsem Tod ihr schönes Auge
schlieſst,
In seinem Arm zurück gekommen ist,
Erzählt der arme Platonist
Von seinem Heldenthum die klägliche Ge-
schichte.

Die Schwachheit, die er uns gezeigt,
Macht ihm (ich seh's an ihrem Achselzücken)
Die nichts verzeihenden K a t o n e n ungeneigt.
Mein Held verliert in wenig Augenblicken

V. 475 — 494.

Was noch vielleicht an seiner That
Verdienstlich war. — Wer schafft für alles
Rath?
Ich lasse der Natur gern ihre kleinen Mängel;
Und freylich macht ein Schnitt noch keinen
Engel!

Wie dem auch sey, Kombab gewann
Bey seiner Königin, was er bey euch verlieret.
Sie sah, indem er sprach, aufs innigste gerühret,
Mit Wehmuth ihn und mit Bewund'rung an.
„Zwey Jahre lang dich täglich sehn und hören,
Astarte, ganz Gefühl für deine Reitze seyn,
Und nicht abgöttisch dich verehren? —
Ich kannte mich! — und, wirst du mir ver-
zeihn,
Wenn ich's gesteh'? — auch deinem schönen
Herzen
Traut' ich zu viel Empfindung zu,
Um ungerührt zu seyn bey meinen stummen
Schmerzen.
Und konnt' ich, Schönste, deine Ruh
Zu theu'r erkaufen?" — — Mehr zu sprechen
Vermag er nicht; sein volles Herz muß brechen,
Muß brechen, oder sich an ihrer schönen Brust
In einen Thränenstrom ergießsen.

V. 495 — 513.

Sie selbst vergißt der schmerzlich süßen Lust
Zu widerstehn; drückt ihn an ihre Brust,
Versagt sich nicht die Wonne zu genießen
Geliebt zu seyn, die jeden Schmerz
versüßt!
Zu grausam wär' es, ihm den einz'gen Trost
zu wehren,
Den schwachen Trost unaufgehaltner Zähren,
Worin ihr Herz in seines überfließt,
Und, süß betäubt von einem Strom von Küssen,
Vergißt, daß etwas sey das sie entbehren
müssen.
Astarte reicht ihm ihre schöne Hand:
Dieß, spricht sie, da sie endlich seinen Küssen
Sich sanft entzieht, dieß sey das Unterpfand
Der Zärtlichkeit, die dir mein Herz gestand,
Eh' ich, wie sehr du sie verdientest, konnte
wissen!
Und wenn dieß Herz, wovon du König bist,
Zum Glück dir so genug, wie mir das deinig'
ist:
O! so genieß den Trost dich so geliebt zu
sehen,
Wie noch kein Sterblicher, wie kein Endy-
mion,
Kein Cefalus, kein Attys, kein Adon

V. 514 — 532.

Geliebt sich sah! — Itzt darf ich dir's gestehen:
Die Grofsthat, der du dich erkühnt,
Gestattet mir, untadelhaften Trieben
Mich ganz zu weihn, erlaubt mir dich zu lieben
Wie nur Kombab geliebt zu seyn verdient.

Sie sagten sich noch viele schöne Sachen,
Die auf den Leser nicht den hohen Eindruck
machen
Wie auf sie selbst, und die wir übergehn.
Indefs erröth' ich nicht ganz laut es zu gestehn,
(Die Rigoristen mögen sagen
Was ihnen wohl gefällt) ich finde das Betragen
Der Königin in diesem Falle schön.

Astarte sucht' und fand in ihrem
Herzen
Und seinem Geist, in seinem Unterricht,
Oft auch in leichten muntern Scherzen
Ersatz für — etwas, das (zum mindsten, wenn
die Pflicht
Es heiligt) Spröden selbst nicht allzu gern ent-
behren.
Wenn jemand fähig ist ihr solchen zu gewähren,
So ist's Kombab. Denn von den höchsten
Sfären

V. 533 — 551.

Bis zum Atom herab ist nichts, wovon er nicht
Wie Salomon und Trismegistus spricht.
Auch bringt die Königin
Oft halbe Sommernächte
An seiner Seite hin,
Bedient sich, ohne Zwang, der Rechte
Die ihr sein Zustand giebt, und kurz, behandelt ihn
Als wären sie von einerley Geschlechte.
Oft sitzen sie, zur Stunde da der West
Die Mittagsruh in Florens Arm verläfst,
Allein in wilden Sommerlauben,
Sehr unbesorgt, was wohl davon die Leute glauben.
Und in der That, es ist den Leuten zu verzeihn.
Man hüllt vergebens sich in seine Unschuld ein;
Die Welt erkennt die Tugend nur am Schein.
Wer hätt' ein paar Figuren ihrer Gattung,
So jung, so liebenswerth, so schön,
In eines Myrtenstrauchs sanft dämmernder Umschattung
Nicht für — Adon und Venus angesehn?

V. 562 — 570.

Bey Tage ging's noch hin. Doch halbe Som-
>   mernächte,
Und stets allein, mit einem schönen Mann! —
Mit einem Mann allein! — „Nun in der That,
>   was man
Einander Nächte durch zu sagen haben kann,
Ist was ich wohl einmahl erfahren möchte!" —
„Madam, es käm' auf eine Probe an,
Versetzt der junge Herr — Die kurzen Som-
>   mernächte
Entschlüpfen leicht; — man liegt in freyer Ruh
Auf Blumen — hört den Nachtigallen zu —
Und diefs und das" — So scherzen im Ver-
>   trauen
Die Höflinge, die Kammerfrauen.

Man kennt die Vögel am Gesang.
Diefs Antischambervolk urtheilet gern ver-
>   messen.
Gesetzt die Königin sey oft ein wenig lang'
Bey ihrem Mentor aufgesessen,
Entschuldigt diefs auch nur den leisesten Ver-
>   dacht?
Man kann so leicht sich im Gespräch vergessen!
Und in der That ist einer schönen Nacht
Zum Staunen, zum Filosofieren,

V. 571 — 587.

Nichts anders gleich! Sie ist dazu gemacht
Die Seelen unvermerkt den Leibern zu ent-
führen;
Zumahl wenn Lunens Schein, wie eine neue
Welt
Von Schatten, welche kaum den äufsern Sinn
berühren,
Elysiums echtes Bild uns vor die Augen stellt,
Und über uns, bey unbewölktem Himmel,
Der Sterne prächtiges Gewimmel
Den angezognen Geist mit stolzer Ahnung
schwellt.

Astarte fand unendlich viel Behagen
An Nächten dieser Art; indessen manchem
Freund
Der Augenblick — dem König anzusagen,
Wie seine Königin mit ihrem schönen Freund
Die Nächte braucht, — unendlich langsam
scheint.

Er kommt zuletzt. Der Bau ist nun vollendet,
Der Tempel eingeweiht, die Priesterschaft
dotiert,
Und, weil man nichts was sich gebührt
Vergessen will, das dritte Jahr geendet.

V. 588 — 605.

Der König, dem ich weifs nicht was oft schwer
Ums Herze macht, betreibt den Rückzug sehr.
Nicht dafs er sich die Zeit indessen nicht ver-
trieben!
Man weifs ja, grofse Herren lieben
Veränderung; und wohl bekomm's den grofsen
Herrn!
Die Kleinen haben sie trotz ihrer Kleinheit
gern.
Genug, der Rückzug läfst sich länger nicht ver-
schieben;
Und Seiner Majestät zu melden, wie beglückt
Die Reise sey, wie heftig das Verlangen
Die königlichen Knie bald wieder zu umfangen,
Wird einer vom Gefolg dem Zug voran
geschickt.
Man glaubte zwar den Besten auszuwählen,
Doch war es schwer den Schlimmsten zu ver-
fehlen.
Vergebens war Kombab ein Menschenfreund,
Und stets bemüht sich alle zu verbinden:
Ein Günstling hoffe nicht Erkenntlichkeit zu
finden!
So bald sein böser Stern erscheint,
Ist, wer durch seinen Fall gewinnen kann, sein
Feind.

V. 606 — 621.

Merkur mit Flügeln an den Sohlen
Vermöchte nicht den Höfling einzuhohlen;
So grofs ist die Begier, aus pflichtgemäfser Treu
Dem alten König zu berichten,
Wie nah' K o m b a b mit ihm verschwägert sey.
Wifst ihr wie Höflinge in solchen Fällen
      mahlen?
Die Farben werden nicht dabey
Gespart, das glaubet mir! Mit seinem Kopf
      bezahlen
Will er, wofern er nur ein Wörtchen mehr
      gewagt,
Als was A s t a r t e n s Hof aus Einem Munde
      sagt.

Der König sträubt sich sehr; so grofs war sein
      Vertrauen
Zu seinem Freund, zur besten aller Frauen!
Er krümmt und windet sich, bis er, gezwun-
      gen, weicht;
Denn, ach! nur nicht so viel als ein V i e l-
      l e i c h t
Macht seine Überzeugung wanken;
Er kann ihm nicht entfliehn, dem schrecklichen
      Gedanken!

V. 622 — 640.

Betrogen, ruft er aus und sinkt betäubt
dahin,
Von meinem Freund, von meiner Königin?

Ein Kerker schliefst, so bald sie angekommen,
Astarten und den Günstling ein.
„Welch Ärgernifs! — So kann der Schein
Der Tugend uns belügen!“ — schreyn
Aus Einem Ton die Spröden und die Frommen.
Den Schlangen, die die Welt von Anbeginn
verführt,
Der Schönheit und dem Witz, den Stiftern
alles Bösen,
Wird, wie es sich gebührt,
Der Text dabey gelesen.
Die Häfslichkeit (die freylich nicht verführt)
Ist mächtig stolz ihr Antlitz zu erheben,
Das Gegengift der bösen Lust;
Und Dummkopf lobet Gott aus voll geschöpfter
Brust,
Der was an Witz ihm fehlt, ihm an Ver-
stand gegeben.

Indessen fährt der König fort
Die Schaar der Zeugen zu verhören,
Und hundert Augenzeugen schwören,

V. 641 — 661.

Man sah sie tausendmahl allein, wenn Zeit und
    Ort
Die Sache sehr verdächtig machten:
Man sah sie einst sogar (wiewohl am längsten
    Tag)
In einem Gartenzelt beysammen übernachten.
Was sie gethan, ist — was man schliefsen mag!
Denn freylich konnte man so nah' hinzu nicht
    gehen
Um alles auf ein Haar zu sehen;
Genug, die Wahl von Zeit und Ort
Liefs, was davon zu denken sey, verstehen.

  Zum Unglück mufs von Wort zu Wort
Kombab diefs alles eingestehen.
Er läugnet nichts: nur bleibt er stets dabey,
Dafs seine Königin dem königlichen Bette
Getreu, und rein wie eine Lilie sey,
Und dafs er sich nichts vorzuwerfen hätte.
Doch, bessert diefs der Sachen Mifsgestalt?
Der Zeugen Harmonie, sein eigenes Bekenntnifs
Beweist ein sträfliches Verständnifs
Nur allzu stark. Der Urtheilsspruch erschallt:
Man überlief're sie der rächenden Gewalt.
Ein schwarz behängtes Blutgerüste

V. 662 — 678.

Erwartet dich, Kombab, und die gerechte
Wuth

Des Königs lechzt nach seines Günstlings Blut.

Der Schein ist wider mich, spricht mit gelafs-
nem Muth

Das Opfer seines Grimms: was kann ich thun,
als schweigen?

Doch schuldlos stirbt Kombab! — Diefs trös-
tet mich! — und du,

Mein König, wirst, zu meines Schattens Ruh,

Was gegen eine Welt voll Zeugen

Astartens Unschuld dir und meine Red-
lichkeit

Beweisen kann, in jenem Kästchen finden,

Das ich — erinnre dich's, o Herr — im Rei-
sekleid

Dir übergab.   Ich bin zum Tod bereit,

Und suche nicht aus Furcht mich los zu winden.

Allein, wenn Wort und Schwur auch einen
König binden,

So fordr' ich hier Gerechtigkeit!

Du schwurst, o Herr, bey deinem Leben,

Mein Kästchen unversehrt mir einst zurück zu
geben:

Jetzt ist es Zeit, wink' es herbey!

V. 679 — 694.

Der König stutzt.   Ein allgemein Geschrey
Des Volkes fordert ohne Säumen
Des Kästchens Gegenwart.   Man rieth was
drinnen sey;
Allein das Wahre liefs sich keine Seele träumen.

Der König winkt. Das schon gezückte Schwert
Starrt in des Würgers Hand.   Bald wird das
Kästchen kommen!

Es kommt, es kommt! Ein Todesschauer
fährt
Durch jedes Herz, K o m b a b e n s   ausge-
nommen.
Der König nimmt es selbst in seine eigne Hand,
Besieht es um und um, und sieht's im alten
Stand,
Die Fugen ganz, das Siegel unversehrt.

Erinn're dich, spricht itzt K o m b a b,
Als ich's, o Herr, dir übergab,
Sagt' ich: mein K o s t b a r s t e s befinde sich
darin.
Jetzt sag' ich: in gewissem Sinn
Mein S c h l e c h t e s t e s! und doch erklär' ich
hier zugleich,

V. 695 — 711.

Ich nähme nicht dein ganzes Königreich,
Daſs, was du finden wirst, nicht wäre d'rin
gewesen.

Das Räthsel sich und allen aufzulösen
Eröffnet es der Fürst, und, wie vom Blitz
gerührt,
Steht er und glaubt durch Zauber sich betrogen.
Denn, siehe! von K o m b a b e n s Unschuld
wird, 6)
In Byssus eingehüllt und köstlich balsamiert,
Der unverwerflichste Beweis hervor gezogen!

Nie stand, seitdem die Welt sich um die Pole
dreht,
Ein Mann betroffner da — als Seine Majestät;
Und dennoch fehlt noch was, ihn ganz zu über-
zeugen.
K o m b a b erräth's, und macht vorm Augen-
schein
Die innerlichen Zweifel schweigen,
Die gegen seinen stummen Zeugen
In manche Zirbeldrüse steigen.
Der Unglaub' selbst gestand itzt seine Un-
schuld ein!
Drauf wirft er sich dem Könige zu Füſsen,

V. 712 — 730.

Erzählt der Länge nach, aus was für weisen
    Schlüssen
Er sich, nach langem Kampf, (weil er, was nun
    geschehn,
Nur gar zu wohl vorher gesehn)
Zu dem entschlossen was wir wissen.
Beredter als ein Demosthen
Sprach unser Held, nicht ohne helle Zähren
Zu weinen, dergestalt, daſs allen die ihn hören,
Und selbst dem Könige, die Augen übergehn;
Wie dieſs, und was wir sonst, aus Gründen,
    überschlagen,
Von denen, die dazu Belieben tragen,
Bey Lucian *de Dea Syria*
Zu lesen ist. — — Nun hört was noch geschah!

Der König hebt mit zärtlichem Erbarmen
Den Liebling, wie's noch keinen gab
Und keinen geben wird, den treuen Freund
    Kombab,
Vom Boden auf, hält ihn in seinen Armen,
Und bittet ihm mit Thränen ab
Das Unrecht, das er ihm, vom Anschein hin-
    tergangen,
Gethan, (auch soll dafür sein Kläger billig
    hangen!)

V. 731 — 747.

Und kurz, der würdige Kombab
Nimmt, zum Vergnügen aller Leute,
Den alten Platz an seines Königs Seite.
Auch bey Astarten geht er kühnlich aus
und ein,
Und darf bey Tag und Nacht, bey Mond- und
Kerzenschein,
Mit fremden Zeugen und allein,
Im Kabinet, im Garten, und im Hain,
Ja auf dem Sofa selbst, ihr Zeitvertreiber seyn.

Die ganze Schaar der Höflinge bedachte
(Nicht ohne Neid) die Gunst, die ihm ein
Opfer brachte,
Das manchem in besagter Schaar
Nicht halb so schwer zu machen war.
Die Wuth sich zu kombabisieren
Ergriff sie insgesammt. In kurzer Zeit bestand
Der ganze Hof aus einer Art von Thieren,
Die durch die Stümm'lung just das einzige
verlieren,
Um dessentwillen man sie noch erträglich fand.

V a r i a n t e n

in der Ausgabe von 1784.

V. 336 — 45.

Sein inneres Verdienst entbehrt zwar leicht Ver-
     stärkung
Von aufsenher: allein da man ihn täglich sieht,
Wird doch allmählich die Bemerkung
Gemacht, er habe feines Haar,
Und Augen, deren Glanz sich kaum ertragen
     liefse,
Wenn nicht was schmachtendes, das einem
     Wölkchen gleicht
Ihr Feuer dämpfte. Und o! wie süfse
Sein Lächeln ist! Wie sanft es sich ins Herze
     schleicht!
Und seine Farb'! Ein Weifs, dem die Narcisse,
Ein Inkarnat, dem selbst die Rose weicht.

Wie fein sein Wuchs! und jede Bewegung
   wie leicht!
Wie ungezwungen! Kurz, vom Kopf bis auf die
   Füſse
Ist Freund Kombab so schön daſs nur Apoll ihm
   gleicht,
Und jede Göttin ihr verzeihungswürdig
   däucht, u. s. w.

[Der Detail in diesem Gemählde der Schönheit
Kombabs schien zu den üppigen Schossen zu ge-
hören, welche Horaz ohne Schonen weggeschnitten
haben will. Auch sagt man nur in der gemeinen
Obersächsischen Sprechart süſse für süſs, Herze
für Herz; und schon allein dieser Ungebühr wegen verdiente eine weit schönere Reihe von Ver-
sen, als diese, durchgestrichen zu werden.]

V. 381. 82.

— Wofern der Seladon
So albern ist als wie Marin's Adon.

[Der Adonis des Caval. Marino ist zwar eben
kein sehr groſser Geist, und hat sich besonders
von diesem Dichter, seinem Schöpfer, einen sehr
schlimmen Geschmack im Sprechen angewöhnt:

aber das Beywort **albern** scheint er nicht zu verdienen. Er ist nicht einmahl **blöde**, sondern
macht im Gegentheil der Göttin im Bad ein dem
goldnen Esel abgelerntes Kompliment, dessen
Naivität ziemlich eselhaft klingt. S. [die 67ste
Stanze im 8ten Gesange, *I Trastulli* genannt.]

Anmerkungen.

1) S. 252. V. 56. Die ältern Ausgaben haben:

— Er hiefs Antiochus
Wenn Lucian nicht irrt —

Diefs war nicht richtig. Lucian nennt den König
gar nicht; er sagt nur, dafs es derjenige gewesen,
der seine zweyte Gemahlin Stratonike seinem
durch die verheimlichte Liebe zu seiner jungen Stief-
mutter aufs äufserste gebrachten Sohne abgetreten
habe, als er durch seinen Leibarzt (Erassitratus)
erfahren, dafs sein Sohn durch kein anderes Mittel
gerettet werden könne. Dafs dieser Prinz der nach-
mahlige Syrische König Antiochus (Soter) und
sein Vater also Seleukus Nikanor, der Stifter
der Seleukidischen Dynastie in Syrien, gewesen sey,
weifs man aus andern Quellen.

2) S. 257. V. 136. Die Verwandlung des unbequemen
Nahmens Stratonike (welches der wahre Nahme der
Königin war, der das Abenteuer mit Kombabus begeg-
net seyn soll) in Astarte, ist eine poetische Licenz,
die in einer Geschichte, die einem Mährchen so ähn-

lich sieht, nicht viel zu bedeuten hat. *Hanc veniam damus, petimusqne vicissim.*

3) S. 263. V. 238. Da es nicht allen unsern Lesern bequem seyn möchte, ihren B a y l e zu fragen, so ist es wohl billig, daſs wir uns selbst die kleine Mühe geben, ihrer Wiſsbegierde über diesen Punkt zu Hülfe zu kommen. R o b e r t v o;n A r b r i s s e l, ein berühmter Buſsprediger in Frankreich zu den Zeiten F i l i p p s d e s E r s t e n, ist als Stifter der Abtey und des Ordens von *Fontévraud* (Ebraldsbronn) bekannt, der sich von allen andern Orden dadurch unterscheidet, daſs sogar die Mönche desselben und ihre Klöster der Äbtissin des Frauenklosters zu *Fontévraud*, als dem suveränen Oberhaupt des ganzen Ordens, unterworfen waren. Der Verfasser des geografischen Theils der *Melanges tirées d'une grande Bibliotheque* bemerkt (*Vol.* 36. *p.* 241.) sehr richtig, daſs es diesem sonderbaren Orden, „*dans un siecle, où les Chevaliers se piquoient d'ètre si soumis aux Dames,*" nicht fehlen konnte, ansehnlich und reich zu werden; so daſs er noch zu unsern Zeiten (bis die zerstörende Revoluzion von 1789 auch ihm ein Ende gemacht hat) aus sechzig Ordenshäusern bestand, „*et à la tète de chacune il y avoit une Prieure, qui avoit sous ses ordres non seulement des Religieuses, mais aussi un Superieur et un certain nombre de Moines, le tout ressortissant de Mad. L'Abbesse générale de Fontévraud, dont la Maison valoit 100, 1000 Liv. de*

Rente, et étoit ordinairement remplie par 150 Reli-gieuses et 60 Religieux." (Ebendaselbst.) Der besagte Verfasser wundert sich, warum der Stifter eines so glänzenden Ordens nicht k a n o n i s i e r t worden sey, und meint: die Schwierigkeiten, welche seine Kano-nisazion erfahren habe, autorisierten d e n V e r d a c h t, den man auf seine Verbindungen m i t d e n j ü n g s t e n und s c h ö n s t e n seiner Nonnen habe werfen wol-len; wiewohl die Briefe des Abts G o t t f r i e d v o n V e n d o m e, eines in hohem Ansehen stehenden Zeit-genossen von B r u d e r R o b e r t e n, besagten, *"que ces familiarités apparentes n'étoient que des aran-gemens faits pour préparer des Triomfes à sa Vertu.*" — So zurück haltend drückt sich der Jesuit Theof. R a y n a u d in seinem Traktate *de sobria alterius sexus frequentatione* über diese *Arrangemens* nicht aus: er sagt, mit Berufung auf den angeführten Abt Gottfried, geradezu von R o b e r t e n, *"illum cum speciosissima quaque sacrarum Virginum nudum cum nuda in eodem lecto cubuisse, ut nequicquam fren-dentem et adhinnicntem appetitum in tam illecebrosi objecti praesentia novo martyrii ge-nere afficeret.*" Wirklich findet sich in den Briefen des besagten Abts, (*Godofredi Vindoci-nensis*) welche der Jesuit *Sirmond* aus einem Mspt. der Abtey *de la Couture* im Jahre 1660 her-ausgegeben, einer an unsern R o b e r t, worin ihm mit Mifsbilligung vorgehalten wird: *Foeminarum quasdam, ut dicitur, nimis familiariter tecum habi-*

tare permittis, et cum ipsis etiam et inter ipsas noctu frequenter cubare non erubescis. Hoc si modo agis vel aliquando egisti, novum et inauditum, sed infructuosum martyrii genus invenisti. — Mit wie viel oder wenig Wahrscheinlichkeit dem ehrwürdigen Vater Robert diese seltsame und gefährliche Art sein Fleisch zu kreuzigen nachgesagt worden sey, können und wollen wir hier nicht untersuchen. Man könnte vielleicht einem Mönch und Ordensstifter aus dem eilften Jahrhundert den Grad von Schwärmerey, der dazu erfodert wurde, um so eher zutrauen, da sich auch unter den Weltleuten Beyspiele einer solchen heroischen Selbstverläugnung finden, und sogar ein junger König (K. Wenzel von Böhaim in der Manessischen Minnesänger-Sammlung) sich nicht wenig darauf zu gut that, eine Probe dieser Art bey der Dame seines Herzens rühmlich bestanden zu haben. S. Bodmers Neue Kritische Briefe, No. 53.

In den berühmten *Contes de la Reine de Navarre* kommt eine hierher gehörige sehr sonderbare Stelle vor, die ich bey dieser Gelegenheit nicht unbemerkt lassen kann, da ich nicht weiß, ob sie jemahls der Aufmerksamkeit eines Gelehrten gewürdigt worden ist. Zu Ende der dritten *Journée* dieses *Heptamerons* wird, auf Veranlassung einer Anekdote, wie übel einer devoten Dame in Languedoc zu Ludwigs XII. Zeiten das allzu große Vertrauen auf die Gewalt ihres Geistes über ihre animalische

Hälfte bekommen sey, viel über diese Materie (wie in diesem sonderbaren Werke gewöhnlich ist) hin und her moralisiert; und da die gute alte Dame Oisille ihre Verwunderung darüber bezeigt, wie jemand närrisch genug seyn könne, sich für so heilig zu halten, dafs er sich einer solchen Gefahr, ohne Furcht zu unterliegen, aussetzen dürfe, so erwiedert ihr Dame Longarine: „*Ils font bien encore autre chose. Ils disent, qu'il faut s'habituer à la chasteté, et pour éprouver leurs forces, ils parlent aux plus belles et à celles qu'ils aiment le plus; et en baisant et touchant ils éprouvent, s'ils sont dans une entiere mortification. Quand ils sentent que ce plaisir les émeut, ils vivent dans la retraite, jeunent et se disciplinent; et quand ils ont matté leur chair en sorte, que ni la conversation, ni le baiser ne leur causent point d'émotion, ils essayent la sotte tentation de coucher ensemble, et de s'embrasser sans aucun desir de volupté. Mais pour un qui resiste, il y a mille qui succombent. Delà sont venus tant d'inconveniens, que l'Archeveque de Milan, où cette Religion s'étoit introduite, fut d'avis de les séparer, et de mettre les femmes au couvent des hommes, et les hommes dans celui des femmes.*“ — Wiewohl sich Dame Longarine nicht völlig so deutlich ausdrückt als man wünschen möchte, so scheint doch aus ihren Worten, und besonders aus dem letzten Umstande, klar genug, dafs die Rede hier nicht etwa von den *Fratri-*

celli, *) oder einer andern ältern Sekte, welche dieser unnatürlichen Art von Kasteyung beschuldigt worden sind, sondern von irgend einem (mir unbekannten) neuern Orden, der vermuthlich bey Zeiten wieder unterdrückt wurde, die Rede seyn müsse. Was übrigens der ungenannte Erzbischof von Mailand sich dabey gedacht haben könne, daß er sich nicht begnügte, die Mönche und Nonnen von einander abzusondern, sondern die Männer ins Frauenkloster und die Frauen ins Mannskloster sperrte, ist mir so unbegreiflich, daß es mir beynahe die ganze Erzählung verdächtig machen könnte; wiewohl nicht zu glauben ist, daß die Königin Margerite von solchen Dingen als Thatsachen gesprochen haben sollte, wenn sie nicht Grund dazu gehabt hätte. — Übrigens, und um von dieser Digression noch einmahl auf den ehrwürdigen Br. *Robertus de Arbuscula* zurück zu kommen, könnte man, wofern ihm bloß seine besagten Keuschheitsübungen an der Heiligsprechung hinderlich gewesen wären, sich billig

---

*) Die *Fratricelli* (deren Geschichte übrigens ziemlich verworren und unzuverlässig ist) kamen so leicht nicht davon als die Religiosen, von welchen die Königin Katerine spricht. Papst Klemens *V.* ließ das Kreuz gegen sie predigen, und es wurden ihrer fünf bis sechs hundert durch Feuer und Schwert, Kälte und Hunger ausgerottet. Dafür hatten sie sich aber freylich auch noch eines unendlich schwerern Verbrechens schuldig gemacht; denn sie hatten sich gegen die Tyranney der Päpste und die herrschenden Mißbräuche ihrer Zeit aufgelehnt, und das konnte damahls nicht gelinder als durch Feuer und Schwert gerochen werden.

verwundern, warum eine solche heroische Anomalie
gerade ihm so übel genommen worden, da sie doch
einem andern, wegen seiner aufserordeutlichen Bufs-
und Abtödtungsübungen sehr berühmten Englischen
Mönch und Bischof, dem heiligen Aldhelmus,
von seinem Biografen, Wilhelm von Malmesbury, zu
höchstem Ruhm und Verdienst angerechnet wird.
„*Si quando stimulo corporis ammoveretur,* (sagt Br.
Wilhelm) *non solum illecebrae denegabat effectum,
sed alias insolitum reportabat triumphum.
Neque tunc consortium foeminarum repudiabat, ut
caeteri, qui ex opportunitate timent prolabi: immo
vero vel assidens, vel cubitans aliquam de-
tinebat, quead, carnis tepescente lubrico, quieto
et immoto discederet animo. Derideri se vide-
tur Diabolus, cernens adhaerentem foemi-
nam virumque, alias avocato animo insisten-
tem cantando Psalterio.*“ (*Anglia Sacra,
P. II. p. 13.*) Vermuthlich mag es dem guten Robert nachtheilig gewesen seyn, dafs er nicht auch
den Psalter dazu sang!

4) S. 264. V. 253. Des Sokrates vermuthlich,
der seinem jungen Freunde Xenofon keinen bessern
Rath zu geben wufste, als die Schönen *cane pejus
et angue* zu fliehen (*Memor. Socr.* I. 3.) Auch
scheint Xenofon sich bey diesem Rathe so wohl be-
funden zu haben, dafs er in der Cyropädie seinen
Helden nach eben dieser Maxime verfahren, den jungen Araspes hingegen, der nicht so furchtsam von

der Gewalt der Liebe dachte, und sich mit der schönen Panthea unverletzt unter Einem Dache zu leben
getraute, seinen Übermuth auf eine sehr exemplari-
sche Art bezahlen läfst.

5) S. 274. V. 442. In der Erzählung Cefalus
und Aurora, welche nebst etlichen andern, wozu
der Stoff aus der Griechischen Mythologie genommen
ist, im Jahre 1766 unter dem Titel, Komische Erzählungen, zum ersten Mahl ans Licht trat.

6) S. 288. V. 700. Wird ist kein tauglicher Reim
auf gerührt und balsamiert, wiewohl er im
Grunde nicht viel schlechter ist, als die Reime,
neigt', beugt, — Rath, Stadt, — bat, Blatt,
und manche andre von diesem Schlage, von welchen
auch gute Dichter aus der Mitte dieses Jahrhunderts
nicht frey sind. Selbst in Nikolai finde ich an
auf Kahn eben sowohl als auf Mann, Hölle auf
Welle, Zähren auf hören u. s. w. gereimt.
Allerdings darf man es in unsrer an Reimen so armen
Sprache nicht gar zu scharf damit nehmen, und man
müfste uns das Reimen gänzlich verbieten, wenn
man uns entweder für das Auge zu reimen nöthi-
gen, oder immer einen ganz reinen Zusammenklang
der Vokalen und Konsonanten in jedem Reime verlangen wollte. Sogar Hagedorn (gewifs einer von
den Dichtern, die sich in diesem Stück am wenigsten
erlaubt haben) reimt ohne das geringste Bedenken,
Aufenthalt auf Wald, grofs auf los, beraubt

auf Haupt, Gäste auf Feste, Freuud auf
meint, fehlen auf erzählen, herbey auf May,
Kören auf Sfären, u. d. m. In allen diesen Bey-
spielen ist das, was zur völligen Reinheit des Reims
fehlt, den meisten Deutschen unmerklich; wiewohl
nicht zu läugnen ist, daſs es unsrer dermahligen, wenigstens in den meisten Provinzen, herrschenden Aus-
sprache keine sonderliche Ehre macht, daſs der Unter-
schied zwischen *ö* und *ä*, *eu*, *ei* und *ay*, *d* und *t* nicht
eben so deutlich gehört wird, als der zwischen w i r d
und g e r ü h r t. Wie dem aber auch sey, genug, dieser letzte Reim fällt allen Ohren auf, oder ist vielmehr
g a r k e i n R e i m; und blofs die Unmöglichkeit, dieses
w i r d durch eine andere ungezwungene und schick-
liche Wendung wegzubringen, hat mich genöthigt,
die ganze Stelle zu lassen wie sie war. Der Fehler ist
unbedeutend wenn man will, bleibt aber doch immer
ein Fehler, der keinem nachlässigen Reimer zur Entschuldigung dienen kann.

SCHACH LOLO,

ODER

DAS GÖTTLICHE RECHT DER GEWALTHABER

EINE MORGENLÄNDISCHE ERZÄHLUNG.

1778.

SCHACH LOLO.

Regiert — darin stimmt alles überein —
Regiert muſs einmahl nun die liebe Mensch-
heit seyn,
Das ist gewiſs! Allein —
Quo Jure? und von wem? In diesen
beiden
Problemen sehen wir die Welt sich oft ent-
zweyn;
Und schon zur Zeit der blinden Heiden
(Als noch was Rechtens sey sich Krantor
und Chrysipp
Nach ewigen Gesetzen zu entscheiden
Vermaſsen) fand der Sohn des listigen
Filipp,
„Man komme kürzer weg den Knoten zu
zerschneiden.“
Gewöhnlich fing man damit an,
Was Pyrrhus, Cäsar, Mithridates,
Und Muhamed und Gengiskan,

Und mancher der nicht gern genannt ist, auch
　　　　　　gethan:
„Sich förderst in Besitz zu setzen."
Das R e c h t schleppt dann so gut es kann
Sich hinter drein: das sind *Subtilitates*,
Woran (man gönnt es ihnen gern)
Die knasterbärtigen Doktoren sich ergetzen.
Das *Jus Divinum*, liebe Herrn,
Steht also, wie ihr seht, so feste
Und fester als der Kaukasus:
„Befiehlt wer kann, gehorcht wer muſs;"
Ein jeder spielt mit seinem Reste,
Und — unser Herr Gott thut bey allem dem
　　　　　　das Beste.

„Ja, (sagt ihr) aber daſs ein S c h a c h,
Ein N a r r, ein K i n d, ein N e r o, ein
　　　　　　K a l i g e l,
Ein E l a g a b a l u s, die Zügel
Des Schicksals führen soll?" — Und warum
　　　　　　n i c h t? Regiert
Nicht eine Windsbraut oft, und rührt
In einen garst'gen Brey die liebe Welt zu-
　　　　　　sammen,
Setzt euch in einem Huy das gröſste Schloſs
　　　　　　in Flammen,

Bricht Dämme durch, spült manchen schönen
Ort
Mit Jung und Alten weg, reifst Ufer, Wälder
fort?
Und alles das unläugbar — *Jure*
Divino, liebe Herrn! Die Sach' ist sonnen-
klar.
So wird die Welt regiert, und eine ganze Fuhre
Von Syllogismen macht's nicht mehr noch min-
der wahr.
Jetzt habt ihr Sonnenschein und schöne warme
Tage,
Wie ihr gewünscht: doch nur ein paar
Zu viel, so wird der Sonnenschein zur Plage,
Wie jüngst der Regen war, auf dessen Gufs
ihr nun
Mit Schmerzen harrt. Euch immer recht zu
thun
Ist schwer.   Allein die Welt — die dreht in
ihrem Kreise
Sich unbekümmert fort, und d e r, der mitten
drin
Unsichtbar thront, und einen grofsen Sinn
Fürs Ganze hat, regiert's nach s e i n e r Weise.
Der winzigste D e u n k u l u s
Macht's eben so in seinem S p a n n e n k r e i s e,
Nur nicht so gut; behauptet frisch sein *Jus*

Divinum über Weib und Kinder,
Haus, Hof und Habe, Schaf' und
Rinder,
Und giebt nicht Rechenschaft davon, als —
wenn er muſs.

„Die Red' ist, sprecht ihr, wie es sollte,
Nicht wie es ist —"
So? — Wie es sollt'? — Ihr also wiſst
Es besser? So, so sollt' es — wenn es
wollte!
Allein es will nun nicht! — All der Ideenkram
Der Weltenflicker, sagt, was hat er je ge-
bessert?
Verschoben hat er viel! und wessen ist die
Scham?
„Es sollte" — Nein, ihr Herrn! Verkleinert
und vergröſsert.
Nur nicht was ist in eurer Fantasie,
So ist's just recht; und euch erspart's die
Müh
Dem lieben Gott in seine Kunst zu pfuschen.
Es geht ja manchmahl wohl ein wenig kon-
terbunt
Und garstig zu auf diesem Erdenrund,
Das läſst sich freylich nicht vertuschen;
Allein, dann geht's just wie es kann;

Und dafür ist gesorgt daſs doch nichts über-
　　　　　wieget,
Daſs ungestraft nicht leicht ein Mann
Sein liebes Selbst an Bösesthun vergnüget,
Nicht ungestraft ein Schalk — ein Flegel — ist,
Nicht ungestraft ein S c h a c h, nicht ungestraft
　　　　　ein N e r o.
Das Maſs, womit das Schicksal wieder miſst,
Ist immer billig. — Schwimmt die liebeskranke
　　　　　H e r o,
In trüber Nacht, bey oft bewölktem Mond,
Mit trübem Blick dem schönen Freund entgegen,
Der, durch Begier und Schwierigkeit verwegen,
Den stets gefäll'gen H e l l e s p o n t
Schon manche heitre Nacht durchschwommen,
Und dann an ihrer schönen Brust
Den süſsen Lohn der Arbeit eingenommen:
O! so miſsgönnt doch nicht die theu'r erkaufte
　　　　　Lust
Den ihrer Pflicht entirrten Seelen!
Sie lieſsen ja so gerne sich vermählen!
Warum trennt harter Ältern Groll,
Stolz oder Geitz, was Gott zusammen fügte?
„Allein, sie that doch was kein frommes Mäd-
　　　　　chen soll!“
Ja, leider! und das Schicksal rügte
Den Fehltritt wahrlich streng genug.

Denn, wie sie so im süßen Hoffnungstrug

Voll Ungeduld des lieben Jünglings harret

In dieser trüben Nacht, und nun auf einmahl
stürmt

Der Wirbelwind daher, wie Fels auf Fels ge-
thürmt

Stürzt Well' auf Well', und ach! in jeder stürmt

Der schreckliche Gedank' vor dem ihr Blut
erstarret:

„Ha! wenn ihn dieser wilde Sturm

Ergriffen hat!" — und nun (was zu beschreiben

Mein Herz versagt) die Wellen an den Thurm

Vor ihre Füße hin den starren Leichnam
treiben —

Sagt, Grausame, ist sie gestraft genug?

„O, denkt ihr, nur zu hart wird ein ver-
stohlner Zug

Aus Amors Lustkelch so gerochen!

Die armen Liebenden! So schwer bestraft zu
seyn,

Und ihr Vergehn im Grunde doch so klein!

Was haben sie so schrecklichs denn verbrochen?"

O nicht doch! Lästert nicht, indem ihr sie
beklagt,

Des Schicksals Billigkeit! Es hat für alles Leiden

Sie ja voraus bezahlt! Sind's etwa kleine Freu-
 den,
Für die ein junger Mann so rasch sein Leben
 wagt?
Und rechnet ihr für nichts, daſs, ihn zu über-
 leben
Verachtend, Hero, treu dem schönen Liebes-
 bund,
Sich zur Gefährtin ihm ins Todtenreich ge-
 geben?
Für nichts, mit ihm zu sterben Mund auf Mund,
Und Arm in Arm mit dem geliebten Gatten
Hinab zu gehn ins stille Land der Schatten?

Erkennet denn: das irdische Geschlecht
Murrt ohne Grund; die Götter sind gerecht,
Und lassen, wo ihr Plan das Übel nicht ver-
 hütet,
Kein Unrecht unbestraft, kein Leiden unver-
 gütet.

Ein jedes Ding in dieser Unterwelt
Ist niemahls was es scheint — und scheint, nach-
 dem ihr's stellt;
Ist klein von fern, wird gröſser, wie ihr's
 näher
Beschaut, und, wie sichs g e g e n e u c h verhält,

Bald gut, bald schlimm.   Der wahre Seher
Ist der sich auf den rechten Standpunkt stellt.
Das hält oft schwer! Gesunde Augen
Erfodert's auch; denn (wie ein Weiser spricht)
Wenn diese nichts an einem Manne taugen,
So helfen ihm zehn Sonnen nicht.

    Doch, über dem Filosofieren
(Das doch, Gott weifs! so wenig nützt) ver-
                lieren
Wir unsern Weg.   Es war euch ärgerlich,
Dafs, wie ihr meint, die guten Götter sich
(*Cum venia*) so grob prostituieren,
Die Welt, wie oft geschieht, durch — Schache
            zu regieren.

    Der Meinung bin ich nicht.   Mir däucht,
                just umgekehrt,
Das Volk stets seines Schachs, der Schach
                des Volkes werth,
Und schwerlich wird ein einzig's Beyspiel
            fehlen.
Die Titus, und die Mark-Aurelen,
Die waren allenfalls für ihre Zeit zu gut:
Allein ein Klaudius, mit seiner feinen Brut
Von Weibern und von Favoriten,
Ein Aureng-Zeb, ein Schach-Riar,

Die wurden just so zugeschnitten
Wie ihre Zeit sie würdig war.

Der beste Schach ist freylich, wenn wir
billig
Im Urtheil sind, nur zu gewiß
Persona miserabilis.
Zuerst so gut, so fromm, so willig
Es recht zu machen! — Ging es schief,
Nun, so vergriff er sich; er griff zu hoch, zu
tief,
Gemeint war's recht. Allein, da hebt man Aug'
und Hände,
Und klatscht und jubiliert, als hätt' ein Gockel-
hahn
Ein Ey gelegt. Daß nur ein einz'ger Da-
nischmende
Mit guter Art dem Herrchen auf den Zahn
Zu fühlen wagte! — So gewöhnt er sich
daran,
Und nimmt das Schmeichlerlob am Ende
Wie Jupiter den Weihrauch an.

Zum Unglück, wenn er meint er habe was
gethan,
Kommt ein Wessir, und stellt das Ding behende
So auf den Kopf, daß just von seinem Plan

Das Gegentheil erfolgt: und er, in seiner Blende,
Er nimmt darüber gar noch Komplimente an.
So füllen nach und nach sich ganze dicke Bände
Mit Thaten, die er — nicht gethan;
Und ihm wird weiſs gemacht, es stände
In Fama's Nahmenbuch der seine obenan.

Nun, sagt mir, wenn ein Schach, von Wei-
               bern und Kastraten
Sein Leben lang gegängelt wie ein Kind,
Es müde wird, und doch die Kraft nicht in
               sich findt
Allein zu gehn, und läſst sich nun — von
               jedem rathen,
Weil alle ihm verdächtig sind;
Wenn er, in seinem ganzen Leben
Vom füſseleckenden verräth'rischen Geschmeis
Raubgier'ger Masken stets belagert und um-
               geben,
Den Biedermann zuletzt nicht mehr zu finden
               weiſs,
Und fänd' er ihn, den Mann nicht zu ertragen
Vermag; im Weihrauchdampf, worin man ihn
               erstickt,
Nicht Menschen mehr, Vampyren nur
               erblickt,
Die an ihm saugen und ihn nagen;

Wenn endlich gar, als läg' ein schweres Inter-
>dikt
Auf seiner Burg, die Guten sich nicht wagen
Ihm mehr zu nahn; und nun der arme Schach,
Zum Nero nicht zu weise, nur zu schwach,
Durch Nichtsthun, Furcht der Wahrheit nach-
>zufragen,
Unschlüssigkeit, Mifstrauen, Wankelmuth,
Mehr Böses oft als zehn Tyrannen thut:
Wer hat die Schuld? und wer ist zu beklagen?

Gewifs, dem Schach gebührt noch viel heraus!
Dafs manchmahl auch dabey ein braver Mann
>gelitten
Und leiden wird, das bleibt wohl unbestritten.
Doch sorget nicht!   D e n führt aus jedem
>Straufs
Sein G e n i u s gewifs heraus;
Und wer dabey am schlimmsten fähret,
Ist doch zuletzt der Schach, — wie L o l o's
>Beyspiel lehret.

Schach Lolo, erstgeborner Sohn
Des Firmaments, Oheim von Sonn' und Mon,
Herr im Zodiakus, des grofsen Bären Vetter,
Gebieter über Wind und Wetter,
Etcetera, — regierte, wie man's heifst,
Im grofsen Scheschian.   Kein sonder-
                licher Geist!
Die reine Wahrheit zu gestehen,
Er überliefs das Werk den Göttern und den
                Feen;
Und wenn's nicht desto besser ging,
War's etwa seine Schuld? — Von seiner Art
                zu leben
Euch einen Schattenrifs zu geben,
Nehmt Einen Tag; denn wie er den beging,
So ging es Tag für Tag in seinem ganzen Leben.

Es war das echte Quasi-Leben
Der Götter Epikurs. — Nachdem er
                Nachts zuvor,
Allmählich eingelullt von süfsen Sängerinnen,
Den letzten Dienst erschlaffter Sinnen
In Strömen süfsen Weins verlor;
Und, matt und welk wie ein zerknicktes Rohr,

Nun zwischen zwey Tschirkassierinnen
(Die er, damit sie doch zu etwas brauchbar
                    sind,
Für Polster braucht) das alte Wiegenkind
Entschlummert ist, und ohne sich zu regen
Die Nacht durch weintodt da gelegen:
Entrüttelt ihn, so bald zum Frühgebet
Der Imam ruft, ein Kämmerling dem
                    Schlummer.

Schach Lolo streckt sich, gähnt, bohrt
                    in der Nase, dreht
Die Augen, und so fort — kurz, steht ein wenig
                    dummer
Als gestern auf, verrichtet sein Gebet,
Wird abgewaschen, angezogen,
Beräuchert, nimmt sein Frühstück, geht
In seinen Divan — wo, so bald die goldne
                    Thüre
In ihren Angeln knarrt, die Emirn und Wessire
(Als Erdgeschöpfe, die den Glanz der Majestät
Mit bloßen Augen nicht ertragen)
An seines Thrones Fuß die Sklavenstirnen
                    schlagen.
Der Großwessir verrichtet nun sein Amt,
Und Lolo, der indeß mit hohen Augen-
                    brauen

Im Staate sitzt und sich mit Betelkauen
Die Zeit vertreibt, begnadigt und verdammt,
So wie sichs trifft, die Bösen und die Frommen.

Indessen wird's Mittag. Die Kämmerlinge
           kommen,
Es öffnet sich, zum hohen Göttermahl
Ein augenblendender gewölbter Speisesahl.
Das Mahl (um kurz zu seyn) wird reichlich
           eingenommen,
Und nun passiert mein Schach in einen zwey-
           ten Sahl,
Noch gröfser, herrlicher und schimmernder als
           jener,
Wo, zum Verdauungswerk bestimmt,
Ein weicher Lehnstuhl ihn in seine Arme
           nimmt.
Zwey Köre Nymfen, eine schöner
Als wie die andre, weifs und rund
Von Armen, blau von Aug', und schwarz von
           Augenwimpern,
Die Zithern in der Hand, stehn schon mit
           offnem Mund,
Ihn wieder in den Schlaf zu singen und zu
           klimpern.
Das Mittel wirkt bey vollem Magen stracks.

Schach Lolo schläft zwey Stunden wie ein
		Dachs;
Wacht endlich wieder auf; gähnt seinen Filo-
		melen
Aus höchster Machtgewalt gerad' ins Angesicht,
Fängt seine Finger an zu zählen,
Und hascht nach Fliegen, die ihm nicht
Stand halten wollen: unterdessen
Kommt unvermerkt die Zeit zum Abendessen.

Es öffnet sich ein dritter Sahl,
Noch schimmernder als jene beide,
Illuminiert mit Lampen ohne Zahl,
Wo lauter Ambra brennt. Erscheinen abermahl
Im Luftgewand von rosenrother Seide
Zwey Reihen Töchterchen der Freude,
Die zum Empfang des Herrn die Kehlen schon
		gewetzt;
Und unter einem Thron, der, wie aus Son-
		nenstrahlen
Gewebt, durch seinen Glanz die Augen schier
		verletzt,
Ein goldner Tisch mit sieben grofsen Schalen
Von Japans reichstem Thon besetzt,
Wo, schöner als ein Mahler sie zu mahlen
Im Stand ist, Früchte aller Art
Hoch aufgethürmt Geruch und Aug' ergetzen;

Nur keinem Schach! Jedoch, weil seine Ge-
      genwart
Hier Pflicht des Thrones ist, geruht er
      sich zu setzen,
Nachdem zuvor zwey Nymfchen, schön und
      zart,
Die Glatze und den Knebelbart
Ihm eingesalbt.   Die Scene zu veredeln,
Stehn andre sechs mit grofsen Fliegenwedeln
In Rosenöhl getaucht; auch glimmt
Aus goldnen Räucherpfannen
Ein ganzer Wald von Adlerholz und Zimmt,
Und treibt das Mückenvolk von dannen.

   Indessen nun die Köre wechselsweis
Des grofsen Lolo Ruhm und Preis
Mit Sang und Klang den Wänden vorerzählen,
Läfst sich mein Schach (der wohl von allen
      Menschenseelen
Am wenigsten von seinen Thaten weifs)
Laut gähnend einen Apfel schälen,
Und wartet in Geduld, bis endlich abermahl
Die Stunde schlägt, die in den vierten Sahl
Ihn rufen wird. Sie schlägt, und — lafst euchs
      nicht verdriefsen!
Es öffnet sich der liebe vierte Sahl,
Wohin wir ihm schon werden folgen müssen.

Daſs alles drin entsetzlich glänzt und gleiſst,

Und wieder Räucherpfannen brennen,

Und, wie sich hinter ihm die goldne Pforte
schleuſst,

Ein neues Nymfenkor ihm stracks die Zähne
weiſst,

Ist was wir leicht vermuthen können.

Ein neuer Polsterthron, ein neuer Tisch, besetzt

Mit allem was den Gaum zum Trinken wetzt,

Und dann, die Kehle wohl zu baden,

Ein Schenktisch, reich von zwanzig Sorten
Wein,

Stehn links und rechts in vollem Glanz, und laden

Den Schach zum letzten Akt des Monodra-
ma's ein.

Sechs Nymfen, schlank wie Oreaden,

Bedienen ihn dabey, indeſs ein andres Kor

Von Grazien in dünnem Silberflor,

Damit der gute Mann am Schenktisch nicht
erkaltet,

Der Reitze schlauste Kunst im leichten Tanz
entfaltet:

Bis endlich gegen Mitternacht

Das königliche Vieh, berauscht an allen Sinnen,

Nach altem Brauch, die zwey Tschirkassierinnen,

Die nun das Unglück trifft, — zu seinen Pol-
stern macht.

Bey solcher Lebensart, was Wunder
Wenn ihn zuletzt, wie die Geschichte sagt,
Vom Haupt zu Fuſs Ägyptens Aussatz plagt!
Wohl freylich ist an Seel' und Leib gesunder
Der Mann, dem Arbeit Zeitvertreib
Und Nothdurft Wollust ist; der, wenn er
                    spät vom Acker
Zur Hütte kehrt, zwar müde, doch noch
                    wacker,
An rauhem Brot und seinem braunen Weib
Sich auf des Morgens Arbeit labet!
Was hilft es nun dem Schach, der unter einem
                    Thron
Von goldnem Stoffe wie Sankt Job sich
                    schabet,
Was hilft ihm, daſs er Sonn und Mon
Zu Neffen hat, staubleckende Wessire
Zu Sklaven, Weiber von Kaschmire
Zum Unterpfühl?
Was hilft ihm Sang und Saitenspiel
Und all der Kitzel stumpfer Sinnen,
Und all sein Nymfenheer und seine Tänze-
                    rinnen?
Umsonst ist seiner Ärzte Müh
Sein schwarzes Blut durch Säuren zu verdünnen.
Zwey Jahre schon erschöpften sie
Treufleiſsigst ihr Gehirn und alle ihre Büchsen;

Versuchten's, da nichts Lind'rung schafft,
Erst mit elektrischer, dann mit magnet-
          scher Kraft,
Dann mit der frischen Luft, und endlich
          mit der fixen,
Ja, aus Verzweiflung gar zuletzt mit Schier-
          lingssaft.
Vergebens sieht man sie durch Berg' und Wie-
          sen trotten
Nach Kräutern, die Galen und Celsus nicht
          gekannt:
Die Kachexie des Schachs scheint ihrer nur
          zu spotten,
Und täglich nimmt das Übel überhand.

Von ungefähr (wie meistens alles Gute)
Kam, da es just am schlimmsten stand,
Ein Fremdling an, aus einem fernen Land;
Ein Mann, dem Ansehn nach von stillem ern-
          stem Muthe,
Und der (das sieht der Wirth ihm flugs am
          Nasloch an)
Ein wenig mehr als fünfe zählen kann.
Zufällig hört der Fremde von dem Jammer
Des armen Herrn.   Er sagt dazu kein Wort.
Nach einer Weile geht er fort
In seine Kammer.

X. B.   21

Was er darin gemacht, ist unbekannt;
Er schob den Riegel vor, und liefs den Vor-
  hang nieder.
Genug, er kam mit etwas in der Hand,
Das einem Schlägel glich, in einer Stunde
  wieder.
Lafs mich zum Sultan führen, Freund!
Spricht er zum Wirth. — „Das ist so leicht
  nicht als es scheint;
Ihr werdet schwerlich angenommen —"
Sag' ihm, es sey ein fremder Arzt gekommen,
Der, wenn er ihn in kurzer Zeit
Von seinem Aussatz nicht befreyt,
Den Kopf bereit ist zu verlieren.

  Wie Lolo diese Botschaft hört,
Denkt er: Es ist der Probe werth,
Der Mensch hat doch dabey nicht wenig zu
  verlieren;
Und er befiehlt ihn vorzuführen.

  Der Fremde kommt — ein feiner langer
  Mann
Mit schwarzem Bart, und einer Art von Nase,
Die Lolo just am besten leiden kann.
„Herr, spricht der fremde Mann, ich blase

Nicht gern mich selber aus: genug, die
        Fakultät
Hat deiner Heilung sich verziehen.
Ich heile nicht mit Pillen, Kräuterbrühen,
Noch Rindenmehl; allein, wenn deine Majestät
Sich mir vertrauen will, soll binnen sieben
        Tagen
Dein ganzer Leib so frisch und rein
Wie eine Mayenrose seyn:
Wo nicht, so werde mir der Schädel abge-
        schlagen!"

Mein Schach antwortet ihm und spricht:
Daſs du mit deinem eignen Leben
Assekurieren sollst was andre aufgegeben,
Das wollen Wir, beym Allah! nicht.
Doch leiste was du mir zu hoffen
Befiehlst, und sey der Zweyt' in meinem Reich!
Mit Lolo's Herzen steh' zugleich
Sein Hof, sein Schatz, sein Harem selbst dir
        offen!
Verdoppelt gleich mein Dank den höchsten
        Flug,
Den deine Wünsche sich erlauben:
Noch werd' ich immer nicht genug
Für dich gethan zu haben glauben!

„Herr, spricht der Arzt, an deiner Dankbarkeit

Zu zweifeln, wär' ein Majestätsverbrechen:

Allein davon ist's immer Zeit,

Wenn du genesen bist, zu sprechen.

Das Mittel dieser Wunderkur

Wird, wie gesagt, nicht innerlich genommen;

Es geht von außenher und durch die Poren
nur

Ins Blut; doch muß es selbst vorher in Schwin-
gung kommen.

Groß sind die Wunder der Natur!

Dieß, ich gesteh' es, ist ganz außerhalb der
Regel;

Mit Einem Wort: es steckt in diesem
Schlägel. "

In diesem Schlägel? ruft der Schach
von Scheschian,

Und vor Erstaunen bleibt der Mund ihm offen
stehen.

„In diesem Schlägel, Herr! Du wirst die
Wirkung sehen.

Natürlich ist ein Talisman

Dabey im Spiel — genug, in sieben Tagen!

Und, daß wir keine Zeit verlieren, führe man

Des Sultans Leibpferd her, um nach der M a l l i e-
                    b a h n
Stracks Seine Hoheit hinzutragen. "

       Gesagt, gethan!
S c h a c h L o l o langt an Ort und Stelle an,
Und mit dem Schlägel, den ihm D u b a n nach-
                    getragen,
(So nennt der Fremde sich) muſs er in stetem
                    Jagen
Den schweren Ball so lange schlagen,
Bis ihm der Schweiſs aus allen Poren bricht.

       „Der Talisman hat seine Pflicht
Für heut gethan, spricht D u b a n: unverzüglich
Ins Bad nunmehr! und seyd ihr da genüglich
Gewaschen und frottiert, dann flugs ins Bett,
                    und deckt
Euch doppelt zu, und schlaft bis euch der
                    Imam weckt. "

       Den nächsten Tag wird's eben so getrieben.
Der Schlägel dünkt den Schach schon minder
                    schwer
Und lustiger das Spiel als Tags vorher;

Er schlägt den Ball mit immer kräft'gern
 Hieben,
Schwitzt wieder, geht ins Bad, wird tüchtig
 abgerieben,
Und schläft die Nacht durch wie ein Bär.
Mit jedem Tage wächst sein Glauben und
 Belieben
An Dubans Talisman; und wie die heil'ge
 Sieben
Vollendet ist, fühlt er am achten früh,
Nach Dubans Worte, sich so munter, wie
Er kaum in seinen ersten Hosen
Gewesen war — so blühend und so frisch,
Als hätten für Cytherens Bett und Tisch
Die Grazien mit lauter jungen Rosen
Ihn aufgefüttert — rein wie Lilien auf der
 Flur,
Stark wie der Behemoth, gerade wie ein
 Kegel,
Von Aussatz nirgends eine Spur!
Mit Einem Wort — der Mallieschlägel
Hat grofse Ehre von der Kur.

Doch diese (wie's in solchen Fällen
Zu gehen pflegt) kommt lediglich
Auf Dubans Rechnung. Schach, vor Freu-
 den aufser sich,

Herzt, küſst und drückt den Mann daſs ihm
           die Ohren gellen,
Weiſs nicht, woher er Worte nehmen soll,
Und giebt just n i c h t s, weil er, des Danks zu
           voll,
Gleich a l l e s geben möcht'. Indessen
Wenn Duban Ehre geitzt, so kann er dieſs-
           mahl sich
Bis zur Genüge dran erletzen.
Er muſs, da L o l o feierlich
Den ganzen Hof traktiert, sich ihm zur Seite
           setzen;
Ihm wird ein Kaftan umgethan
Von purem Gold - und Silberlahn,
Und nah' an L o l o's eignem Zimmer
Eins eingeräumt, das kaum vor Schönheit und
           vor Schimmer
Bewohnbar ist.   Er hat sogar ins Schlafge-
           mach
Den Zutritt, kommt dem holden Schach
Den ganzen Tag nicht von der Seiten,
Muſs in den Divan ihn begleiten,
Muſs mit ihm jagen, mit ihm reiten,
Wohin es geht muſs Duban mit;
Kurz, Duban ist der F a v o r i t;
Und Ohr in Ohr wird stark davon geflüstert,
Der Groſswessir sey seinem Falle nah.

Daſs Dubans Gunst ihn wenigstens verdüstert,
War, was bey Hofe selbst der Hundewärter
        sah.

Der Groſswessir, der in der Kabbala
Sehr viel gethan, war nicht der letzte der es
        sah,
Das ist, der sich an Dubans Stelle setzte,
Und dessen Sinnesart nach seiner eignen schätzte.
Denn Duban freylich war zu ehrlich und zu
        klug
Zu solcher Politik, und höher aufzufliegen,
Als ihn just itzt die Luft und seine Schnell-
        kraft trug,
War ihm noch nie zu Kopf gestiegen.
Doch R u k h, der Groſswessir, ein Mann
Der seinen Posten scharf bewachte,
Genaue Rechnung hielt, sein F a c i t täglich
        machte,
Und was ein anderer gewann
Sich als V e r l u s t in Ausgab' brachte,
Ein solcher Mann ist nicht *pro forma* Groſs-
        wessir.
Natürlich gab es ihm kein sonderlich Ver-
        gnügen,
Daſs Duban so im Sturm des Sultans Gunst
        erstiegen;

Und also bat er sich durch die geheime Thür
Gehör bey L o l o aus.   In allen seinen Zügen
War Unruh, gleich als graute ihm vor dem
Was ihm die Pflicht nicht zuliefs zu verhehlen.

Herr, spricht er, bey erhabnen Seelen
Mufs mit der Güte stets die Weisheit sich ver-
                            mählen.
Das alte Sprichwort, t r a u, s c h a u w e m,
Läfst Königen sich nicht genug empfehlen.
Wer hätte je so weit im Argwohn ausge-
                            schweift,
Dafs dieser fremde Unbekannte,
Den deine Mäjestät mit Gnaden überhäuft,
Und der, dem Anschein nach, von heifserm
                            Eifer brannte
Als alle, deren Treu der längste Dienst bewährt,
Wer hätte den Verdacht genährt,
Dafs dieser Mann, den du so hoch geehrt,
Ihm dein Vertraun, dein ganzes Herz gegeben,
Mit dem du offner als mit einem Bruder bist,
Ein schändlicher Verräther ist,
(Mit Schaudern sag' ich's) blofs, nach deinem
                            theuren Leben
Zu trachten und in dir nach unser aller Leben,
An deinen Hof gekommen ist?

Wie? (spricht der Schach) Wessir! du wagst
   es so zu lästern
Den Mann den L o l o liebt? Verwegner, traust
   du mir
Die Schwachheit zu, zu glauben, was ich dir
Und einer ganzen Welt nie glauben werde?

   „Lästern?
Versetzt ganz ruhig der Wessir:
Kennt deine Majestät mich etwann erst seit
   gestern? “

  O! kennen? — ruft der S c h a c h: da fehlt's
   nicht! Haben Zeit
Dazu gehabt! — Kabale, Mifsgunst, Neid!
Es wäre viel davon zu sprechen —
Dafs ich ihn liebe, ist sein einziges Verbrechen!
Allein, ihr irrt euch stark. Gleich diesen Au-
   genblick
Will ich ihn dreymahl höher heben,
Ihm viermahl mehr Geschenke geben,
Und wenn ihr alle die Kolik
Davon bekämet! Das, das eben
Dafs ihr ihn hafst, das macht bey mir sein Glück.

  „Herr, wenn du willst, wer darf dir widerstreben?
Erwiedert R u k h: du hast zu thun was recht

Dir däucht.   Verkenn' in deinem alten Knecht
Den treuen Freund — ich muſs mich drein
ergeben.
Doch hier ist die Gefahr nicht mein!
Hier muſs ich meine Stimm' erheben,
Herr, oder ein Verräther seyn!
Ein bloſses Schwert hängt über deinem Leben;
An einem Haare schwebt's — und schweben
Sollt' ich es sehn, und schweigen? Nein!
Hier ist mein Haupt, ich leg's zu deinen Füſsen:
Laſs, wenn's Verbrechen ist dir zu getreu zu
seyn,
Laſs michs mit meinem Leben büſsen!
Nur leide, daſs der letzte Hauch,
Der mir entflieht, dich warne vor der Schlange
Die du im Busen wärmst!" —

Dem Heuchler glüht die Wange
Indem er's spricht.   Der S c h a c h, nach sei-
nem Brauch
Wenn etwas ihn bestürzt, schlägt sich mit bei-
den Händen
Vor seinen königlichen Bauch.
Wie? spricht er, sollte mich mein böser Geist
verblenden?
Und Duban sollte fähig seyn —
Mein Freund? mein Retter? nach dem Leben

Mir stellen? — Guter Rukh, dein Eifer
    täuscht dich! Nein!
Ich glaub' es nimmermehr! Ihm hab' ich ja dieſs
    Leben
Zu danken — wem, als ihm allein?
Wenn er mir's rauben will, wozu mir's wie-
    der geben?
Er konnte, wenn er nur an meinem Übel mich
Verderben lieſs, sich einen Mord ersparen!
Wessir, du bist mir treu, ich weiſs es, bist
    erfahren,
Und kennst die Welt; doch dieſsmahl sicherlich
Betrügst du dich!

„O Herr, erwiedert Rukh, wie sollte michs
    nicht schmerzen,
Mit diesem königlichen Herzen,
So argwohnlos, so gut! — betrogen dich zu
    sehn?
O! eben dieſs verdoppelt das Vergehn
Des Mannes, der, so nah an deinem Herzen,
Des schwarzen Anschlags fähig ist!
Der durch den Anschein sich verdient gemacht
    zu haben
Erst dein Vertrauen stiehlt, mit Gaben
Sich überschütten läſst, um, wenn du, keiner
    List

Gewärtig, bey verschlofsnen Thüren
Einst unbeschützt in seinen Händen bist,
Um so viel sicherer den Mörderstofs zu
        führen!"

Bey diesen Worten fährt dem Schach
Ein kalter Schauder über'n Rücken;
Er sieht den falschen Freund mit Dolchen in
        den Blicken
Sich schleichen in sein Schlafgemach,
Und fühlt den Stahl schon zwischen seinen
        Rippen.
Was ist zu thun, ruft er mit blassen Lippen,
Was räthst du mir?
Zwar, glauben kann ichs nicht — und doch
        besorg' ich schier —
Wer kann ins Herz des Menschen schauen?
Dem Besten, wie du sagst, ist nicht zu viel
        zu trauen.
Ein Mensch kann sich verstellen, das ist klar;
Und Duban — ist ein Mensch! — Ich denke,
Das beste ist, wir machen ihm Geschenke,
Und schicken ihn zurück nach seinem Kan-
        dahar?

„Zurück ihn schicken, und Geschenke
Noch oben drein? — Nein, Herr! (erwiedert
        Rukh,

Der, wie er seinen Schach bereit sieht nach-
zugeben,
Nur einen einz'gen frischen Druck
Noch nöthig hat) — Herr! läge nicht dein Leben
Hier auf dem Spiel, so sagt' ich nichts dazu.
Doch, deine Sicherheit und deiner Völker Ruh
Zu wagen, blofs um einen Mann zu schonen,
Der, wie ich sicher weifs, dir nach dem Leben
steht,
Und ihn dafür noch zu belohnen
Dafs ihm sein Streich mifslang — das geht
Zu weit! Ein Übermafs von Güte
Wird Schwachheit, Herr! — Auch ich bin zum
Verzeihn
Geneigt; doch dieses Mahl müfst's ein Verräther
seyn,
Der deiner Hoheit nicht zum Weg der Strenge
riethe.“

Was meinst du denn, versetzt der theure
Schach,
Was ist zu thun?

„Den Kopf ihm vor die Füfse legen!“

In diesem Stück, spricht Lolo, bin ich
schwach,
Ich sag' es frey : es sträubt sich was dagegen
In meinem Herzen —

„Wie? hat er nicht siebenfach
Den Tod verdient? Wenn's auch nur Argwohn
wäre;
In solchen Fällen hat ein Sandkorn Zentner-
schwere.
Ist etwa deine Sicherheit
Nicht werth mit eines Sklaven Leben
Erkauft zu seyn? Es ist die höchste Zeit:
Die Stunde Frist, die wir ihm geben,
Kann deine letzte Stunde seyn!"

Wessir, ich gebe mich,
Ruft der erschreckte S c h a c h : du siehst in
solchen Dingen
Gewöhnlich richtiger als ich.
Befiehl ihn stracks herbey zu bringen!

Mein D u b a n kommt mit ruhigem Gesicht,
Bückt nach Gebrauch sich an des Thrones Stufen,
Und steht erwartend da.

Kannst du errathen, spricht
Der S c h a c h zu ihm, warum wir dich berufen?
„Nein, Herr, das kann ich nicht."
So will ich dir's in wenig Worten sagen:
Es ist — den Kopf dir abzuschlagen.

„Den Kopf mir abzuschlagen, Herr?
Wie? bist du nicht geheilt? Was hätt' ich denn
verbrochen?
Du scherzest, wie ich seh'.‟

Verkappter Lucifer,
Das hilft dir nichts! Dein Urtheil ist gesprochen!
Wir kennen nun den Schalk, der dir im Busen
steckt.
Verräther! Alles ist entdeckt:
Daſs meine Feinde dich bestochen,
Daſs du ein Bube bist — der bloſs
Mein Arzt und trauter Freund geworden,
Um auf der Freundschaft sicherm Schooſs
Mich desto sich'rer zu ermorden!
Trug war auf deinem Mund, in deinem Herzen
Mord!
Drum nieder auf die Knie, und nichts von
leeren, kahlen
Entschuldigungen! Fort!
Dein Kopf soll mir dafür bezahlen!
Bindt ihm die Augen zu, und nicht ein einzig's
Wort!

Der gute Duban steht als wie vom Blitz
getroffen.
Er sieht daſs ihm der Neid dieſs Wetter angeschürt.

Doch, wie entfliehn? Wo ist ein Ausweg offen?
Die Unschuld eben ist's was ihm den Kopf
     verliert.
Den Schach kennt er zu gut um viel von ihm
     zu hoffen.
Zum Unglück hat er den n u r   ä u f s e r l i c h
     kuriert;
Dem innern unheilbaren Schaden,
Dem hilft kein Schwitzen und kein Baden!

 Das einz'ge was ihm bleibt, ist, auf Gera-
     thewohl
Des Sultans Menschlichkeit durch Flehen zu
     erregen.
Er thut's nach äufserstem Vermögen;
Allein das Herz, an das er schlägt, ist hohl,
S c h a c h   L o l o ist nicht zu bewegen.
Itzt soll man sehn, ob ich so wankelmüthig
     bin
Als wie die Leute immer sagen,
Denkt L o l o bey sich selbst: fast könnt' ich
     ihn beklagen —
Allein ich halte fest. — Fort! (ruft er) kniee
     hin,
Du flehst umsonst!

  „Nun, bist du so entschlossen,
So werde denn unschuldig Blut vergossen!

Nur Eine Bitte, Herr, wollst eh' ich sterben
            mufs
Aus Königsmilde mir gewähren!
Gieb eine Stunde nur mir Aufschub, heimzu-
            kehren,
Den Meinigen den letzten Abschiedskufs
Zu geben, und was ich verlassen mufs,
Das Wenige, noch unter sie zu theilen.
Es wird nicht lange mich verweilen.
Das meiste sind, ich mufs gestehn,
Nur Bücher; aber die in guter Hand zu
            sehn,
Liegt mir nicht wenig
Am Herzen — Eins voraus, das man mit Recht
            den König
Der Bücher nennt, und werth dafs niemand
            als ein König
Sein Erbe sey." — Was ist denn dran
So sonderlichs? fragt Lolo. — „Grofser Kan,
Es ist der Nachlafs eines Weisen,
Der über hundert Jahre dran
Gesammelt hat, die Frucht von grofsen Reisen
Und tiefem Forschen der Natur.
Das ganze Buch hat zwanzig Blätter nur;
Allein auf jedem Blatt den Schlüssel
Zu einem Wunderding. Zum Beyspiel: im
            Moment,

Worin das Schwert mein Haupt vom Rumpfe
trennt,
Werd' es in eine goldne Schüssel,
Die auf dieſs Wunderbuch gestellt wird, auf-
gefaſst;
So wirst du, Herr, ein Wunder sehen,
Wie du noch keins gesehen hast.
Mein Blut wird plötzlich still in jeder Ader
stehen,
Und in der Schüssel wird im gleichen Augen-
blick
Mein Kopf sich von sich selbst erheben,
Und dir auf jedes Fragestück
Laut und vernehmlich Antwort geben,
Das du, mein gnäd'ger Herr und Fürst,
Ihm aus dem a c h t e n B l a t t des Buches
vorzulegen
Fürstmildiglich geruhen wirst. "

Das wäre! ruft der Schach.   Nun, dieses
Wunders wegen
Sey denn noch eine Stunde Frist
In Gnaden dir geschenkt! Die Wache soll zur
Seiten
Ihm gehn, und ihn zurück begleiten;
Und daſs er ja das Buch mir nicht vergiſst!

Mein Duban betet an zur Erde
Und wird hinweg geführt.   Und überall
Bey Hof und in der Stadt erschallt des Günst-
  lings Fall,
Und daſs bey seinem Tod sich was ereignen
  werde,
Was noch kein Mensch gesehn.   Der groſse
  Divanssahl
Wallt wie ein See von Menschen ohne Zahl,
Die alle vor Begierde brennen
Das groſse Wunder auch zu sehn;
Man hätte durch den Sahl, so dichte wie sie
  stehn,
Auf lauter Köpfen gehen können.
(Um — nichts zu sehn
Läſst sich kein besser Mittel denken)
Auch ist kein Herz, das nicht von Mitleid über-
  flieſst
Mit Dubans Fall, und doch in groſsen Ängsten
  ist,
Der Schach möcht' ihm das Leben schenken.

Der Seiger schlägt.   Mein Duban, wohl
  bewacht,
Wird mit dem Schlag herbey gebracht.
Die Wache macht ihm Platz.   Die goldne Flü-
  gelthüre

Fährt auf; das ganze Vorgemach
Ergießt sich in den Sahl; dann Emirn und
　　　　Wessire,
Und dann ein Zwischenraum, und dann zuletzt
　　　　der Schach,
Von Rukh, der diese Lust bereitet,
Und von dem Oberhaupt der Hämmlinge
　　　　begleitet.
Der Schach besteigt den Thron, und Du-
　　　　ban, züchtiglich
Doch ohne Furcht, tritt zwischen vier Tra-
　　　　banten,
Mit einem mächt'gen Folianten
Im Arme, hin zum Thron, bückt bis zur Erde
　　　　sich,
Legt dann das Buch am Fuß des Thrones
　　　　nieder,
Und wiederhohlt was er dem Schach davon
Bereits gesagt.　Drauf wird zum Werk ge-
　　　　schritten.
Ein scharlachrothes Tuch deckt mitten
Im Sahl des Bodens goldne Pracht,
Der Kreis um Duban her wird räumiger ge-
　　　　macht,
Der Henker zückt das Werkzeug kalter
　　　　Schrecken,
Und seitwärts steht ein Sklave mit dem
　　　　Becken.

Der Duban war im Grund ein guter Tropf,
Und, minder um sich selbst den Kopf
Zu sparen, als dem Schach die Qual zu später
Reue,
Kniet er noch einmahl hin, und schwört ihm
seine Treue
Und Unschuld, bittet, fleht sogar
Mit heifsen Thränen. — Alles war
Umsonst! — „Dein Kopf, mein Freund, mufs
fliegen;
Und wär' es auch nur um's Vergnügen
Zu hören, was er sagen kann
Wenn er herunter ist." — Nun gut, so sey es
dann!
Spricht Duban, löst gelassen seinen Kragen
Vom Halse, schliefst die Augen als ein Mann,
Und — ritsch! ist ihm das Haupt herab ge-
schlagen.

Das goldne Becken fafst, auf Dubans Buch
gestellt,
Den Kopf, so wie er blutend fällt,
Im Fallen auf. Stracks hört er auf zu bluten,
Der Rumpf bleibt stehn als wär' ihm nichts
gethan,
Und, gegen aller Welt Vermuthen,
Hebt sich der Kopf und fängt zu reden an:

„Nun, Herr der Welt, wenn du's mit einer
Frage
Versuchen willst, und hören was darauf
Ein Kopf zu sagen hat; so schlage
Das achte Blatt des Wunderbuches auf;
Auf dessen linker Seite stehn
Drey Fragen oder vier in großen goldnen
Lettern."

Schach Lolo spricht: Wir wollen sehn!
Man reicht das Buch ihm hin, und er beginnt
zu blättern.
„Setzt, ruft der Kopf, wenn ihr so gut seyn
wollt,
Mich, während daß er sucht, auf meinen
Rumpf, und bindet
Den Faden von gedrehtem Gold,
Den ihr in meiner Tasche findet,
Mir um den Hals." —

Der Sultan, um zu sehn
Was noch draus werden soll, läßt alles gern
geschehn,
Und blättert, während man den goldnen Faden
bindet,
Auf seinen Thron zurück gelehnt,

In Dubans Buch. Nun hatte Lolo, neben
Mehr Unmanieren, auch sich diese ange-
                    wöhnt,
Daſs er, so oft ein Blatt in einem Buch zu
                    heben
Und umzuwenden war, bey jedem einzeln
                    Blatt
Den Finger erst an seiner Zunge netzte,
Bevor er ans Papier ihn setzte.
Da nun die Blätter etwas glatt
Und klebrig waren, schien's hier um so mehr
                    vonnöthen.
So schlägt er nach und nach, den Finger stets
                    am Mund,
Bis auf das achte um, beguckt es ernstlich
                    rund
Herum, und ist gar mächtiglich betreten,
Zu sehen daſs darauf nicht eine Sylbe stund.

Da ist ja nichts! — „Nur ein paar Blätter
                    weiter,
Ruft Dubans Kopf, der nun ganz frey und
                    heiter
Auf seinem Rumpfe stand: ich habe mich am
                    Blatt
Geirret, scheint's.“

Schach Lolo blättert weiter;
Doch, eh' er drey noch umgeschlagen hat,
Ist schon das Gift, das er von jedem Blatt
Mit feuchtem Finger seiner Zungen
Unwissend mitgetheilt, ihm bis ins Herz ge-
drungen.
Ein wilder Schmerz fährt zuckend wie ein
Blitz
Durch sein Gebein, ihm schwindelt's im Ge-
hirne,
Und dunkel wird's um seine kalte Stirne.
Er stürzt herab vom goldnen Sitz,
Und liegt in Zuckungen, und ringet mit dem
Tode.

Wohlan, (ruft Dubans Kopf, der nun
in seinen Rumpf
Sich wieder eingesenkt) du nickende
Pagode!
Am Herzen kalt, an Sinnen stumpf,
Hab's an dir selbst! Ich bin an deinem Tode
Unschuldiger als du. — Doch spotten deines
Fall's
Kann Duban nicht. — Als ich um meinen
Hals
Zum letzten Mahle dir mit heifsen Thränen
flehte,

War's Menschlichkeit was mich dazu
       betrog:
Dein böser Dämon überwog;
Nun kommt die Reu — und die Moral zu
       späte.

   Bey diesem Wort entfuhr dem armen Schach
Der letzte Hauch; betäubt von Schrecken
       rannen
Die Emirn aus dem Sahl, das Volk den Emirn
       nach,
Und Duban ging — mit seinem Kopf von
       dannen.

ENDE DES ZEHNTEN BANDES.

Leipzig

gedruckt bey Georg Joachim Göschen.